Miguel
LOS SA
INOCE...

D0756457

Planeta Bolsillo / 1

Miguel Delibes
LOS SANTOS INOCENTES

Planeta

COLECCIÓN PLANETA BOLSILLO
Dirección: Rafael Borràs Betriu
Consejo de Redacción: María Teresa Arbó, Mariona Costa, Marcel Plans
y Carlos Pujol

© Miguel Delibes, 1981
© Editorial Planeta, S. A., 1993
    Córcega, 273-279, 08008 Barcelona (España)
Diseño colección y cubierta de Hans Romberg
Ilustración cubierta: fotograma de la película del mismo título (foto
Archivo Movie's)
Primera edición en esta colección: mayo de 1992
Segunda edición: enero de 1993
Tercera edición: diciembre de 1993
Depósito Legal: B. 38.982-1993
ISBN 84-08-00018-7
Papel: Offset Rotoform, de Clariana, S. A.
Impresión: Duplex, S. A.
Encuadernación: Auxiliar Gráfica Jiro, S. A.
Printed in Spain - Impreso en España

Ediciones anteriores

En Colección Narrativa
1.ª a 7.ª ediciones: de setiembre de 1981 a abril de 1982
En Colección Popular
1.ª a 22.ª ediciones: de diciembre de 1982 a setiembre de 1991
En Colección Autores Españoles
1.ª edición: octubre de 1989
Especiales para Planeta Crédito, S. A.
1.ª a 8.ª ediciones: de enero de 1984 a marzo de 1987
Especiales para Planeta Internacional
1.ª y 2.ª ediciones: enero de 1986 y febrero de 1990
Especial para Club Planeta
1.ª edición: setiembre de 1990

A la memoria de mi amigo
Félix R. de la Fuente

Libro primero

Azarías

A su hermana, la Régula, le contrariaba la actitud del Azarías, y le regañaba y él, entonces, regresaba a la Jara, donde el señorito, que a su hermana, la Régula, le contrariaba la actitud del Azarías porque ella aspiraba a que los muchachos se ilustrasen, cosa que a su hermano, se le antojaba un error, que,

luego no te sirven ni para finos ni para bastos,

pontificaba con su tono de voz brumoso, levemente nasal,

y, por contra, en la Jara, donde el señorito, nadie se preocupaba de si éste o el otro sabían leer o escribir, de si eran letrados o iletrados, o de si el Azarías vagaba de un lado a otro, los remendados pantalones de pana por las corvas, la bragueta sin botones, rutando y con los pies descalzos e, incluso, si, repentinamente, marchaba donde su hermana y el señorito preguntaba por él y le respondían,

anda donde su hermana, señorito,
el señorito tan terne, no se alteraba, si es caso
levantaba imperceptiblemente un hombro, el
izquierdo, pero no indagaba más, ni comentaba la nueva, y, cuando regresaba, tal cual,
el Azarías ya está de vuelta, señorito,
y el señorito esbozaba una media sonrisa y en
paz, que al señorito sólo le exasperaba que el
Azarías afirmase que tenía un año más que
el señorito, porque, en realidad, el Azarías ya
era mozo cuando el señorito nació, pero el
Azarías ni se recordaba de esto y, si, en ocasiones, afirmaba que tenía un año más que el
señorito era porque Dacio, el Porquero, se lo
dijo así una Nochevieja que andaba un poco
bebido y a él, al Azarías, se le quedó grabado
en la sesera, y tantas veces le preguntaban,
¿qué tiempo te tienes tú, Azarías?
otras tantas respondía,
cabalmente un año más que el señorito,
pero no era por mala voluntad, ni por el gusto
de mentir, sino por pura niñez, que el señorito
hacía mal en renegarse por eso y llamarle zascandil, ni era justo tampoco, ya que el Azarías, a cambio de andar por el cortijo todo el
día de Dios rutando y como masticando la
nada, mirándose atentamente las uñas de
la mano derecha, lustraba el automóvil del
señorito con una bayeta amarilla, y desenros-

caba los tapones de las válvulas a los automóviles de los amigos del señorito para que al señorito no le faltaran el día que las cosas vinieran mal dadas y escaseasen y, por si eso no fuera suficiente, el Azarías se cuidaba de los perros, del perdiguero y del setter, y de los tres zorreros y si, en la alta noche, aullaba en el encinar el mastín del pastor y los perros del cortijo se alborotaban, él, Azarías, los aplacaba con buenas palabras, les rascaba insistentemente entre los ojos hasta que se apaciguaban y a dormir y, con la primera luz, salía al patio estirándose, abría el portón y soltaba a los pavos en el encinar, tras de las bardas, protegidos por la cerca de tela metálica y, luego, rascaba la gallinaza de los aseladeros y, al concluir, pues a regar los geranios y el sauce y a adecentar el tabuco del búho y a acariciarle entre las orejas y, conforme caía la noche, ya se sabía, Azarías, aculado en el tajuelo, junto a la lumbre, en el desolado zaguán, desplumaba las perdices, o las pitorras, o las tórtolas, o las gangas, cobradas por el señorito durante la jornada y, con frecuencia, si las piezas abundaban, el Azarías reservaba una para la *milana*, de forma que el búho, cada vez que le veía aparecer, le envolvía en su redonda mirada amarilla, y castañeteaba con el pico, como si retozara, todo por espontáneo

11

afecto, que a los demás, el señorito incluido, les bufaba como un gato y les sacaba las uñas, mientras que a él, le distinguía, pues rara era la noche que no le obsequiaba, a falta de bocado más exquisito, con una picaza, o una ratera, o media docena de gorriones atrapados con liga en la charca, donde las carpas, o vaya usted a saber, pero, en cualquier caso, Azarías le decía al Gran Duque, cada vez que se arrimaba a él, aterciopelando la voz,

milana bonita, milana bonita,

y le rascaba el entrecejo, y le sonreía con las encías deshuesadas y, si era el caso de amarrarle en lo alto del cancho para que el señorito o la señorita o los amigos del señorito o las amigas de la señorita se entretuviesen, disparando a las águilas o a las cornejas por la tronera, ocultos en el tolló, Azarías le enrollaba en la pata derecha un pedazo de franela roja para que la cadena no le lastimase y, en tanto el señorito o la señorita o los amigos del señorito o las amigas de la señorita permanecían dentro del tollo, él aguardaba, acuclillado en la greñura, bajo la copa de la atalaya, vigilándolo, temblando como un tallo verde, y, aunque estaba un poco duro de oído, oía los estampidos secos de las detonaciones y, a cada una, se estremecía y cerraba los ojos y, al abrirlos de nuevo, miraba hacia el búho y, al verle indemne, erguido y desafiante, haciendo el escudo, sobre la piedra, se sentía orgulloso de él y se decía conmovido para entre sí,

milana bonita,

y experimentaba unos vehementes deseos de rascarle entre las orejas y, así que el señorito o la señorita, o las amigas del señorito, o los amigos de la señorita, se cansaban de matar rateras y cornejas y salían del tollo estirándose y desentumeciéndose como si abandonaran la bocamina, él se aproximaba moviendo las mandíbulas arriba y abajo, como si masticase algo, al Gran Duque, y el búho, entonces, se implaba de satisfacción, se esponjaba como un pavo real y el Azarías le sonreía,

no estuviste cobarde, milana,

le decía,

y le rascaba el entrecejo para premiarle y, al cabo, recogía del suelo, una tras otra, las águilas abatidas, las prendía en la percha, desencadenaba al búho con cuidado, le introducía en la gran jaula de barrotes de madera, que se echaba al hombro, y pin, pianito, se encaminaba hacia el cortijo sin aguardar al señorito, ni a la señorita, ni a los amigos del señorito, ni a las amigas de la señorita que caminaban, lenta, cansinamente, por la vereda, tras él, charlando de sus cosas y riendo sin ton ni son y, así que llegaba a la casa, el Azarías colgaba la percha de la gruesa viga del zaguán y, tan pronto anochecía, acuclillado en los guijos del patio, a la blanca luz del aladino, desplumaba un ratonero y se llegaba con él a la ventana del tabuco, y

uuuuuh,

hacía,

ahuecando la voz, buscando el registro más tenebroso, y, al minuto, el búho se alzaba hasta la reja sin meter bulla, en un revuelo pausado y blando, como de algodón, y hacía a su vez,

uuuuuh,

como un eco del *uuuuuh* de Azarías, un eco de ultratumba, y, acto seguido, prendía la ratera con sus enormes garras y la devoraba silenciosamente en un santiamén y el Azarías le miraba comer con su sonrisa babeante y musitaba,

milana bonita, milana bonita,

y, una vez que el Gran Duque concluía su festín, el Azarías se encaminaba al cobertizo, donde las amigas del señorito y los amigos de la señorita estacionaban sus coches, y, pacientemente, iba desenroscando los tapones de las válvulas de las ruedas, mediante torpes movimientos de dedos y, al terminar, los juntaba con los que guardaba en la caja de zapatos, en

14

la cuadra, se sentaba en el suelo y se ponía a contarlos,

uno, dos, tres, cuatro, cinco...

y al llegar a once, decía invariablemente,

cuarenta y tres, cuarenta y cuatro, cuarenta y cinco...,

luego salía al corral, ya oscurecido, y, en un rincón se orinaba las manos para que no se le agrietasen y abanicaba un rato el aire para que se orearan y así un día y otro día, un mes y otro mes, un año y otro año, toda una vida, pero a pesar de este régimen metódico, algunas amanecidas, el Azarías se despertaba flojo y como desfibrado, como si durante la noche alguien le hubiera sacado el esqueleto, y esos días, no rascaba los aseladeros, ni disponía la comida para los perros, ni aseaba el tabuco del búho, sino que salía al campo y se acostaba a la abrigada de los zahurdones o entre la torvisca y, si acaso picaba el sol, pues a la sombra del madroño, y cuando Dacio le preguntaba,

¿qué es lo que te pasa a ti, Azarías?

él,

ando con la perezosa, que yo digo,

y, de esta forma, dejaba pasar las horas muertas, y si el señorito se tropezaba con él y le preguntaba,

¿qué te ocurre, hombre de Dios?,

Azarías la misma,

ando con la perezosa, que yo digo, señorito, sin inmutarse, encamado en la torvisca o al amparo del madroño, inmóvil, replegado sobre sí mismo, los muslos en el vientre, los codos en el pecho, mascando salivilla o rutando suavemente, como un cachorro ávido de mamar, mirando fijamente la línea azul-verdosa de la sierra recortada contra el cielo, y los chozos redondos de los pastores y el Cerro de las Corzas (del otro lado del cual estaba Portugal) y los canchales agazapados como tortugas gigantes, y el vuelo chillón y estirado de las grullas camino del pantano, y las merinas merodeando con sus crías y, si acaso se presentaba Dámaso, el Pastor, y le decía

¿ocurre algo, Azarías?

él,

ando con la perezosa, que yo digo,

y de este modo transcurría el tiempo hasta que sobrevenía el apretón y daba de vientre orilla del madroño o en la oscura grieta de algún canchal y, según se desahogaba, iban volviéndole paulatinamente las energías y, una vez recuperado, su primera reacción era llegarse donde el búho y decirle dulcemente a través de la reja,

milana bonita,

y el búho venga de esponjarse y castañetear con el corvo pico, hasta que Azarías le obsequiaba con un aguilucho o un picazo desplumados y, mientras lo devoraba, el Azarías, a fin de ganar tiempo, se acercaba a la cuadra, se sentaba en el suelo y se ponía a contar los tapones de las válvulas de la caja,

uno, dos, tres, cuatro, cinco...
hasta llegar a once, y, entonces decía,

cuarenta y tres, cuarenta y cuatro y cuarenta y cinco,

y, al concluir, cubría la caja con la tapa, se quedaba un largo rato observando las chatas uñas de su mano derecha, moviendo arriba y abajo las mandíbulas y mascullando palabras ininteligibles y, de repente, resolvía,

me voy donde mi hermana,
y, en el porche, se encaraba con el señorito, emperezado en la tumbona, adormilado,

me voy donde mi hermana, señorito,
y el señorito levantaba imperceptiblemente el hombro izquierdo y,

vete con Dios, Azarías,
y él marchaba al otro cortijo, donde su hermana, y ella, la Régula, nada más abrirle el portón,

¿qué se te ha perdido aquí, si puede saberse?
y Azarías
¿y los muchachos?
y ella,

ae, en la escuela están, ¿dónde quieres que anden?

y él, el Azarías, mostraba un momento la punta de la lengua, gruesa y rosada, volvía a esconderla, la paladeaba un rato y decía al fin,

el mal es para ti, luego no te van a servir ni para finos ni para bastos,

y la Régula,

ae, ¿te pedí yo opinión?

pero, tan pronto caía el sol, el Azarías se azorraba mirando las brasas, masticando la nada y, al cabo de un rato, erguía la cabeza y, súbitamente, decía,

mañana me vuelvo donde el señorito,

y antes de amanecer, así que surgía una raya anaranjada en el firmamento delimitando el contorno de la sierra, el Azarías ya andaba en la trocha y, cuatro horas más tarde, sudoroso y hambriento, en cuanto oía a la Lupe descorrer el gran cerrojo del portón, ya empezaba,

milana bonita, milana bonita,

una y otra vez, sin dejarlo, y a la Lupe, la Porquera, ni los buenos días y el señorito tal vez andaba en la cama, descansando, pero así que aparecía a mediodía en el zaguán, la Lupe le daba el parte,

el Azarías nos entró de mañana, señorito,

y el señorito amusgaba los ojos somnolientos,

de acuerdo,
decía,
y alzaba el hombro izquierdo, como resignado,
o sorprendido, aunque ya se sentía al Azarías
rascando los aseladeros o baldeando el tabuco
del Gran Duque y arrastrando la herrada por
el patio de guijos, y, de este modo, iban trans-
curriendo las semanas hasta que un buen día,
al apuntar la primavera, el Azarías se trans-
formaba, le subía a los labios como una
sonrisa tarda, inefable, y, al ponerse el sol, en
lugar de contar los tapones de las válvulas,
agarraba al búho y salía con él al encinar y el
enorme pájaro, inmóvil, erguido sobre su antebrazo, oteaba los alrededores y, conforme
oscurecía, levantaba un vuelo blando y silencioso y volvía, al poco rato, con una rata entre
las uñas o un pinzón y allí mismo, junto al
Azarías, devoraba su presa, mientras él le rascaba entre las orejas, y escuchaba los latidos
de la sierra, el ladrido áspero y triste de la
zorra en celo o el bramido de los venados del
Coto de Santa Ángela, apareándose también,
y, de cuando en cuando, le decía,
    la zorra anda alta, milana, ¿oyes?,
y el búho le enfocaba sus redondas pupilas
amarillas que fosforecían en las tinieblas, enderezaba lentamente las orejas y tornaba a
comer y, ahora ya no, pero en tiempos se oía

también el fúnebre ulular de los lobos en el piornal las noches de primavera pero desde que llegaron los hombres de la luz e instalaron los postes del tendido eléctrico a lo largo de la ladera, no se volvieron a oír, y, a cambio, se sentía gritar al cárabo, a pausas periódicas, y el Gran Duque, en tales casos, erguía la enorme cabezota y empinaba las orejas y el Azarías venga de reír sordamente, sin ruido, sólo con las encías, y musitaba con voz empañada,

¿estás cobarde, milana?, mañana salgo a correr el cárabo,

y, dicho y hecho, al día siguiente, con el crepúsculo, salía solo sierra adelante, abriéndose paso entre la jara florecida y los tamujos y la montera, porque el cárabo ejercía sobre el Azarías la extraña fascinación del abismo, una suerte de atracción enervada por el pánico, de tal manera que al detenerse en plena moheda, oía claramente los rudos golpes de su corazón y, entonces, esperaba un rato para tomar aliento y serenar su espíritu y, al cabo, voceaba,

¡eh!, ¡eh!,

citándole, citando al cárabo, y, seguidamente, aguzaba el oído aguardando respuesta, mientras la luna asomaba tras un celaje e inundaba el paisaje de una irreal fosforescencia poblada de sombras, y él, un tanto amilanado, hacía bocina con sus manos y repetía desafiante,

¡eh!, ¡eh!,

hasta que, súbitamente, veinte metros más abajo, desde una encina corpulenta, le llegaba el anhelado y espeluznante aullido,

¡buhú, buhú!,

y, al oírlo, el Azarías perdía la noción del tiempo, la conciencia de sí mismo, y rompía a correr enloquecido, arruando, hollando los piornos, arañándose el rostro con las ramas más bajas de los madroños y los alcornoques y, tras él, implacable, saltando blandamente de árbol en árbol, el cárabo, aullando y carcajeándose y, cada vez que reía, al Azarías se le dilataban las pupilas y se le erizaba la piel y recordaba a la milana en la cuadra, y apremiaba aún más el paso y el cárabo a sus espaldas tornaba a aullar y a reír y el Azarías corría y corría, tropezaba, caía y se levantaba, sin volver jamás la cabeza y, al llegar, jadeante, a la dehesa, la Lupe, la Porquera, se santiguaba,

¿de dónde te vienes, di?,

y el Azarías sonreía tenuemente, como un chiquillo cogido en falta, y,

de correr el cárabo, que yo digo,

decía,

y ella comentaba,

¡Jesús qué juegos!, te has puesto la cara como un Santo Cristo,

pero él ya andaba en la cuadra, restañándose la sangre de los rasguños con la bayeta, quieto, escuchando los dolorosos golpes de su corazón, la boca entreabierta, sonriendo al vacío, babeando, y, al cabo de un rato, ya más sereno, se llegaba al tabuco de la milana, agachado, sin meter ruido, y, súbitamente, se asomaba al ventano y hacía,

¡uuuuuh!,

y el búho revolaba hasta la peana y le miraba a los ojos, ladeando la cabeza, y entonces el Azarías le decía muy ufano,

anduve corriendo el cárabo,

y el animal enderezaba las orejas y tableteaba con el pico, como si lo celebrara, y él,

buena carrera le di,

y empezaba a reír por lo bajo, siseando, sintiéndose protegido por las bardas del cortijo, y así una vez tras otra, una primavera tras otra, hasta que una noche, vencido mayo, se arrimó a los barrotes del tabuco y dijo como de costumbre,

¡uuuuuh!,

pero el Gran Duque no acudió a la llamada, y, entonces, el Azarías se sorprendió e hizo de nuevo,

¡uuuuuh!,

pero el Gran Duque no acudió a la llamada,
y el Azarías,

¡uuuuuh!,

terco, por tercera vez, pero, dentro del tabuco,
ni un ruido, con lo que el Azarías empujó la
puerta, prendió el aladino y se encontró al
búho engurruñido en un rincón y, al mostrar-
le la picaza desplumada, el búho ni ademán y,
entonces, el Azarías, dejó la pega en el suelo
y se sentó junto a él, le tomó delicadamente
por las alas y lo arrimó a su calor, rascándole
insistentemente en el entrecejo y diciéndo-
le con ternura,

milana bonita,

mas el pájaro no reaccionaba a los habituales
estímulos, con lo cual, el Azarías lo depositó
sobre la paja, salió y preguntó por el señorito,

la milana está enferma, señorito, te tiene
calentura,

le informó,
y el señorito,

¡qué le vamos a hacer, Azarías! está vieja
ya, habrá que buscar un pollo nuevo,
y el Azarías, desolado,

pero es la milana, señorito,
y el señorito, los ojos adormilados,

¿y dime tú, que lo mismo da un pájaro
que otro?

y el Azarías, implorante,

¿autoriza el señorito que dé razón al Mago del Almendral?

y el señorito adelantó indolentemente su hombro izquierdo,

¿al Mago?, muy gastoso te sales tú, Azarías, si por un pájaro tuviéramos que llamar al Mago, ¿adónde iríamos a parar?,

y, tras su reproche, una carcajada, como el cárabo, que al Azarías se le puso la carne de gallina y,

señorito, no se ría así, por sus muertos se lo pido,

y el señorito,

¿es que tampoco me puedo reír en mi casa?

y otra carcajada, como el cárabo, cada vez más recias, y, a sus risas estentóreas, acudieron la señorita, la Lupe, Dacio, el Porquero, Dámaso y las muchachas de los pastores, y todos en el zaguán reían a coro, como cárabos, y la Lupe,

pues no está llorando el zascandil de él por ese pájaro apestoso,

y el Azarías,

la milana te tiene calentura y el señorito no autoriza a que dé razón al Mago del Almendral,

y, venga, otra carcajada, y otra, hasta que, finalmente, el Azarías, desconcertado, echó a correr, salió al patio y se orinó las manos y, después, entró en la cuadra, se sentó en el suelo y se puso a contar en voz alta los tapones de las válvulas tratando de serenarse,

una, dos, tres, cuatro, cinco, seis, siete, ocho, nueve, diez, once, cuarenta y tres, cuarenta y cuatro, cuarenta y cinco,

hasta que se sintió más relajado, se puso un saco por cabezal y durmió una siesta y, así que amaneció Dios, se arrimó quedamente a la reja del tabuco e hizo,

¡uuuuuh!

pero nadie respondió, y, entonces, el Azarías empujó la puerta y divisó al búho en el rincón donde lo dejara la víspera, pero caído y rígido y el Azarías se llegó a él con pasitos cortos, lo cogió por el extremo de un ala, se abrió la chaqueta, la cruzó sobre el pájaro y dijo con voz quebrada,

milana bonita,

pero el Gran Duque ni abría los ojos, ni castañeteaba con el pico, ni nada, ante lo cual el Azarías atravesó el patio, se llegó al portón y descorrió el cerrojo, y a sus chirridos, salió la Lupe, la de Dacio,

¿qué es lo que te se ha puesto ahora en la cabeza, Azarías?

y el Azarías,

me marcho donde mi hermana,

y, sin más, salió y, a paso rápido, sin sentir los guijos, ni las gatuñas en las plantas de los pies, franqueó el encinar, el piornal y la vaguada, oprimiendo dulcemente el cadáver del pájaro contra su pecho y, así que le puso la vista encima, la Régula,

¿otra vez por aquí?

y el Azarías

¿y los muchachos?

y ella,

en la escuela están,

y el Azarías,

¿es que no hay nadie en la casa?

y ella,

ae, la Niña Chica está,

y en ese momento, la Régula, reparó en el bulto que arropaba el Azarías contra el pecho, le abrió las puntas de la chaqueta y el cadáver del pajarraco cayó sobre los baldosines rojos y ella, la Régula, dio un grito histérico y,

ya estás sacando de casa esa carroña, ¿me oyes?

dijo,

y el Azarías, sumisamente, recogió el pájaro y lo dejó fuera, en el poyo, volvió a entrar en la casa y salió con la Niña Chica, acunándola en el brazo derecho, y la Niña Chica volvía sus ojos extraviados sin fijarlos en nada, y él, el Azarías, cogió a la milana por una pata y una

azuela con la mano izquierda, y la Régula,
¿dónde vas con esas trazas?
y el Azarías,
a hacer el entierro, que yo digo,
y, en el trayecto, la Niña Chica emitió uno de
aquellos interminables berridos lastimeros
que helaban la sangre de cualquiera, pero el
Azarías no se inmutó, alcanzó el rodapié de
la ladera, depositó a la criatura a la fresca, entre unas jaras, se quitó la chaqueta y en un
periquete cavó una hoya profunda en la base
de un alcornoque, depositó en ella al pájaro
y, acto seguido, empujando la tierra con la
azuela, cegó el agujero y se quedó mirando
para el túmulo, los pies descalzos, el remendado pantalón en las corvas, la boca entreabierta, y, al cabo de un rato, sus pupilas se
volvieron hacia la Niña Chica, cuya cabeza se
ladeaba, como desarticulada, y sus ojos des-
leídos se entrecruzaban, y miraban al vacío
sin fijarse en nada y el Azarías se agachó, la
tomó en sus brazos, se sentó al borde del ta-
lud, junto a la tierra removida, la oprimió
contra sí y musitó,
milana bonita,
y empezó a rascarla insistentemente con el
índice de la mano derecha los pelos del colo-
drillo, mientras la Niña Chica, indiferente, se
dejaba hacer.

Libro segundo

Paco, el Bajo

Si hubieran vivido siempre en el Cortijo qui-
zá las cosas se hubieran producido de otra
manera pero a Crespo, el Guarda Mayor, le
gustaba adelantar a uno en la Raya de lo de
Abendújar por si las moscas y a Paco, el Bajo,
como quien dice, le tocó la china y no es que
le incomodase por él, que a él, al fin y al cabo,
lo mismo le daba un sitio que otro, pero sí
por los muchachos, a ver, por la escuela, que
con la Charito, la Niña Chica, tenían bastante
y le decían la Niña Chica a la Charito aunque,
en puridad, fuese la niña mayor, por los chi-
quilines, natural,

madre, ¿por qué no habla la Charito?,

¿por qué no se anda la Charito, madre?,

¿por qué la Charito se ensucia las bragas?,
preguntaban a cada paso, y ella, la Régula, o
él, o los dos a coro,

pues porque es muy chica la Charito,

33

a ver, por contestar algo, ¿qué otra cosa podían decirles?, pero Paco, el Bajo, aspiraba a que los muchachos se ilustrasen, que el Hachemita aseguraba en Cordovilla, que los muchachos podían salir de pobres con una pizca de conocimientos, e incluso la propia Señora Marquesa, con objeto de erradicar el analfabetismo del cortijo, hizo venir durante tres veranos consecutivos a dos señoritos de la ciudad para que, al terminar las faenas cotidianas, les juntasen a todos en el porche de la corralada, a los pastores, a los porqueros, a los apaleadores, a los muleros, a los gañanes y a los guardas, y allí, a la cruda luz del aladino, con los moscones y las polillas bordoneando alrededor, les enseñasen las letras y sus mil misteriosas combinaciones, y los pastores, y los porqueros, y los apaleadores y los gañanes y los muleros, cuando les preguntaban, decían,

la B con la A hace BA, y la C con la A hace Za,

y, entonces, los señoritos de la ciudad, el señorito Gabriel y el señorito Lucas, les corregían y les desvelaban las trampas, y les decían,

pues no, la C con la A, hace KA, y la C con la I hace CI y la C con la E hace CE y la C con la O hace KO,

y los porqueros y los pastores, y los muleros,

y los gañanes y los guardas se decían entre sí desconcertados,

también te tienen unas cosas, parece como que a los señoritos les gustase embromarnos, pero no osaban levantar la voz, hasta que una noche, Paco, el Bajo, se tomó dos copas, se encaró con el señorito alto, el de las entradas, el de su grupo, y, ahuecando los orificios de su chata nariz (por donde, al decir del señorito Iván, los días que estaba de buen talante, se le veían los sesos), preguntó,

señorito Lucas, y ¿a cuento de qué esos caprichos?

y el señorito Lucas rompió a reír y a reír con unas carcajadas rojas, incontroladas, y, al fin, cuando se calmó un poco, se limpió los ojos con el pañuelo y dijo,

es la gramática, oye, el porqué pregúntaselo a los académicos,

y no aclaró más, pero, bien mirado, eso no era más que el comienzo, que una tarde llegó la G y el señorito Lucas les dijo,

la G con la A hace GA, pero la G con I hace JI, como la risa,

y Paco, el Bajo, se enojó, que eso ya era por demás, coño, que ellos eran ignorantes pero no tontos y a cuento de qué la E y la I habían de llevar siempre trato de favor y el señorito Lucas, venga de reír, que se desternillaba el hombre de la risa que le daba, una risa espasmódica y nerviosa, y, como de costumbre, que él era un don nadie y que ésas eran reglas de la gramática y que él nada podía contra las reglas de la gramática, pero que, en última instancia, si se sentían defraudados, escribiesen a los académicos, puesto que él se limitaba a exponerles las cosas tal como eran, sin el menor espíritu analítico, pero a Paco, el Bajo, estos despropósitos le desazonaban y su indignación llegó al colmo cuando, una noche, el señorito Lucas les dibujó con primor una H mayúscula en el encerado y, después de dar fuertes palmadas para recabar su atención e imponer silencio, advirtió,

mucho cuidado con esta letra; esta letra es un caso insólito, no tiene precedentes, amigos; esta letra es muda,

y Paco, el Bajo, pensó para sus adentros, mira, como la Charito, que la Charito, la Niña Chica, nunca decía esta boca es mía, que no se hablaba la Charito, que únicamente, de vez en cuando, emitía un gemido lastimero que conmovía la casa hasta sus cimientos, pero ante la manifestación del señorito Lucas, Facundo, el Porquero, cruzó sus manazas sobre su estómago prominente y dijo,

¿qué se quiere decir con eso de que es muda?, te pones a ver y tampoco las otras ha-

blan si nosotros no las prestamos la voz,
y el señorito Lucas, el alto, el de las entradas,
   que no suena, vaya, que es como si no es-
tuviera, no pinta nada,
y Facundo, el Porquero, sin alterar su postu-
ra abacial,
   ésta sí que es buena, y ¿para qué se pone
entonces?,
y el señorito Lucas,
   cuestión de estética,
reconoció,
   únicamente para adornar las palabras,
para evitar que la vocal que la sigue quede
desamparada, pero eso sí, aquel que no acier-
te a colocarla en su sitio incurrirá en falta
de lesa gramática,
y Paco, el Bajo, hecho un lío, cada vez más
confundido, mas, a la mañana, ensillaba la yegua y a vigilar la linde, que era lo suyo, aunque desde que el señorito Lucas empezó con
aquello de las letras se transformó, que andaba como ensimismado el hombre, sin acer-
tar a pensar en otra cosa, y en cuanto se alejaba una galopada del cortijo, descabalgaba,
se sentaba al sombrajo de un madroño y a
cavilar, y cuando las ideas se le enredaban en
la cabeza unas con otras como las cerezas, re-
curría a los guijos, y los guijos blancos eran
la E y la I, y los grises eran la A, la O y la U,

y, entonces, se liaba a hacer combinaciones para ver cómo tenían que sonar las unas y las otras, pero no se aclaraba y, a la noche, confiaba sus dudas a la Régula, en el jergón e, insensiblemente, de unas cosas pasaba a otras y la Régula,

para quieto, Paco, el Rogelio anda desvelado,

y si Paco, el Bajo, insistía, ella

ae, para quieto, ya no estamos para juegos,

y, de súbito, sonaba el desgarrado berrido de la Niña Chica y Paco se inutilizaba, pensando que algún mal oculto debía de tener él en los bajos para haber engendrado una muchacha inútil y muda como la hache, que menos mal que la Nieves era espabilada, que a la Nieves, las cosas, él se había resistido a bautizarla con este nombre tan blanco, no le pegaba, vaya, siendo él tan cetrino y albazano, y hubiera preferido llamarla Herminia, como la abuela, o por otro nombre cualquiera, pero el verano aquel picaba un sol de justicia y don Pedro, el Périto, porfiaba que las temperaturas ni de noche bajaban de 35 grados, y que qué veranito, madre, que no se recordaba otro semejante, que se achicharraban hasta los pájaros, y la Régula, de por sí fogosa, plañía,

¡ay Virgen, qué calentura!, y que no corre
una miaja de brisa ni de día ni de noche,
y, después de abanicarse un rato cansinamente con un paipai, moviendo únicamente la fa-
lange del pulgar derecho, plano y aplastado
como una espátula, añadía,

   esto es un castigo, Paco, y yo le voy a pedir
a la Virgen de las Nieves que termine este
castigo,
pero la canícula no cedía y un domingo, sin
comunicárselo a nadie, se llegó al Almendral,
donde el Mago, y, a la vuelta, le dijo a Paco,

   Paco, el Mago me ha dicho que si esta ba-
rriga es hembra le diga Nieves, no vaya a ser
que, por contrariar mi deseo, me salga la cría
con un antojo,
y Paco recordó a la Niña Chica y se avino,

   pues bueno, que sea Nieves,
pero la Nieves, que desde mocosa limpiaba la
porquería de la impedida y le lavaba las bragas, no llegó a asistir a la escuela del Patro-
nato porque por aquel entonces andaban ya
en la Raya de lo de Abendújar y Paco, el Bajo,
cada mañana, antes de ensillar, enseñaba a la
muchacha cómo hacía la B con la A y la C
con la A y la C con la I, y la muchacha, que
era muy avispada, así que llegó la Z y le dijo,

   la Z con la I hace CI,
respondió sin vacilar,

esa letra está de más, padre, para eso está la C,

y Paco, el Bajo, reía y procuraba inflar la risa, solemnizarla, remedando las carcajadas del señorito Lucas,

eso cuéntaselo a los académicos,

y, por las noches, implado de satisfacción, le decía a la Régula,

la muchacha esta ve crecer la hierba,

y la Régula, que ya por aquellos entonces se le había puesto pechugona, comentaba,

a ver, saca el talento suyo y el de la otra,

y Paco,

¿qué otra?,

y la Régula, sin perder su flema habitual,

ae, la Niña Chica, ¿en qué estás pensando, Paco?,

y Paco,

tu talento saca,

y empezaba a salirse del tiesto,

y ella,

ae, ponte quieto, Paco, los talentos no están ahí,

y Paco, el Bajo, dale, engolosinado, hasta que, inopinadamente, el bramido de la Niña Chica rasgaba el silencio de la noche y Paco se quedaba inmóvil, desarmado, y, finalmente, decía,

Dios te guarde, Régula, y que descanses,

y, con los años, se le iba tomando ley a la Raya

de lo de Abendújar, y al chamizo blanco con el emparrado, y al somero cobertizo, y al pozo, y al gigantesco alcornoque sombreándolo, y al rebaño de canchos grises desparramados por las primeras estribaciones, y al arroyo de aguas tibias con los galápagos emperezados en las orillas, pero una mañana de octubre, Paco, el Bajo, salió a la puerta, como todas las mañanas, y, nada más salir, levantó la cabeza, distendió las aletillas de la nariz y

se acerca un caballo,

dijo,

y la Régula, a su lado, se protegió los ojos con la mano derecha a modo de visera y miró hacia el carril,

ae, no se ve alma, Paco,

mas Paco, el Bajo, continuaba olfateando, como un sabueso,

el Crespo es, si no me equivoco,

agregó,

porque Paco, el Bajo, al decir del señorito Iván, tenía la nariz más fina que un pointer, que venteaba de largo, y, en efecto, no había transcurrido un cuarto de hora, cuando se presentó en la Raya, Crespo, el Guarda Mayor,

Paco, lía el petate que te vuelves al Cortijo,

le dijo sin más preámbulos,

y Paco,

y ¿eso?,
que Crespo,

don Pedro, el Périto, lo ordenó, a mediodía bajará el Lucio, tú ya cumpliste,
y, con la fresca, Paco y la Régula, amontonaron los enseres en el carromato y emprendie-
ron el regreso y, en lo alto, acomodados entre
los jergones de borra, iban los muchachos y,
en la trasera, la Régula con la Niña Chica, que
no cesaba de gritar y se le caía la cabeza, ora
de un lado, ora del otro, y sus flacas piernici-
tas inertes asomaban bajo la bata, y Paco, el
Bajo, montado en su yegua pía, les daba es-
colta, velando orgullosamente la retaguardia,
y le decía a la Régula elevando mucho el tono
de voz para dominar el tantarantán de las
ruedas en los relejes, entre bramido y bramido de la Niña Chica,

ahora la Nieves nos entrará en la escuela
y Dios sabe dónde puede llegar con lo espabilada que es,
y la Régula,

ae, ya veremos,
y, desde su altura majestuosa, añadía Paco,
el Bajo,

los muchachos ya te tienen edad de trabajar, serán una ayuda para la casa,
y la Régula,

ae, ya veremos,

y continuaba Paco, el Bajo, exaltado con el traqueteo y la novedad,

lo mismo la casa nueva te tiene una pieza más y podemos volver a ser jóvenes,

y la Régula suspiraba, acunaba a la Niña Chica y la espantaba los mosquitos a manotazos, mientras, por encima del carril, sobre los negros encinares, se encendían una a una las estrellas y la Régula miraba a lo alto, tornaba a suspirar y decía,

ae, para volver a ser jóvenes tendría que callar ésta,

y una vez que llegaron al Cortijo, Crespo, el Guarda Mayor, les aguardaba al pie de la vieja casa, la misma que abandonaron cinco años atrás, con el poyo junto a la puerta, todo a lo largo de la fachada, y los escuálidos arriates de geranios y, en medio, el sauce de sombra caliente, y Paco lo miró todo apesadumbrado y meneó la cabeza de un lado a otro y, al cabo, bajó los ojos,

¡ qué le vamos a hacer!

dijo resignadamente,

estaría de Dios,

y, poco más allá, dando órdenes, andaba don Pedro, el Périto, y

buenas noches, don Pedro, aquí estamos de nuevo para lo que guste mandar,

buenas noches nos dé Dios, Paco, ¿sin novedad en la Raya?

y Paco,

sin novedad, don Pedro,

y, conforme descargaban, don Pedro les iba siguiendo del carro a la puerta y de la puerta al carro,

digo, Régula, que tú habrás de atender al portón, como antaño, y quitar la tranca así que sientas el coche, que ya te sabes que ni la Señora, ni el señorito Iván avisan y no les gusta esperar,

y la Régula,

ae, a mandar, don Pedro, para eso estamos,

y don Pedro,

de amanecida soltarás los pavos y rascarás los aseladeros, que si no no hay Dios que te aguante con este olor, qué peste, y ya te sabes que la Señora es buena pero le gustan las cosas en su sitio,

y la Régula,

ae, a mandar, don Pedro, para eso estamos,

y don Pedro, el Périto, continuó dándole instrucciones, que no paraba de darle instrucciones y, al concluir, ladeó la cabeza, se mordió la mejilla izquierda y quedó como atorado, como si omitiera algún extremo importante, y la Régula sumisamente,

¿alguna cosa más, don Pedro?

y don Pedro, el Périto, se mordisqueaba nerviosamente la mejilla y volvía los ojos para la Nieves pero no decía nada y, al fin, cuando parecía que iba a marcharse sin despegar los labios, se volvió bruscamente hacia la Régula,

esto es cosa aparte, Régula,

balbuceó,

en realidad éstas son cosas para tratar entre mujeres, pero...

y la pausa se hizo más profunda, hasta que la Régula, sumisamente,

usted dirá, don Pedro,

y don Pedro,

me refiero a la niña, Régula, que la niña bien podría ponerle una manita en casa a mi señora, que, bien mirado, ella está cobarde para las cosas del hogar,

sonrió acremente,

no le petan sus labores, vaya, y la niña ya está crecida, que hay que ver cómo ha empollinado la niña esta en poco tiempo,

y, según hablaba don Pedro, el Périto, Paco, el Bajo, se iba desinflando como un globo, como su virilidad cuando gritaba en la alta noche la Niña Chica, y miró para la Régula, y la Régula miró para Paco, el Bajo, y al cabo, Paco, el Bajo, ahuecó los orificios de la nariz, encogió los hombros y dijo, lo que usted mande, don Pedro, para eso estamos,

y, súbitamente, sin venir a cuento, a don Pedro, el Périto, se le dilataron las pupilas y empezó a desbarrar, como si quisiera ocultarse bajo el alud de sus propias palabras, que no paraba, que,

ahora todos te quieren ser señoritos, Paco, ya lo sabes, que ya no es como antes, que hoy nadie quiere mancharse las manos, y unos a la capital y otros al extranjero, donde sea, el caso es no parar, la moda, ya ves tú, que se piensan que con eso han resuelto el problema, imagina, que luego resulta que, a lo mejor, van a pasar hambre o a morirse de aburrimiento, vete a saber, que otra cosa, no, pero a la niña en casa, no le ha de faltar nada, no es porque yo lo diga...

y la Régula y Paco, el Bajo, asentían con la cabeza, e intercambiaban furtivas miradas cómplices, pero don Pedro, el Périto, no reparaba en ello, que estaba muy excitado don Pedro, el Périto,

y siendo de vuestra conformidad, mañana a la mañana aguardamos a la niña en casa, y para que no la echéis en falta y ella no se imple, que ya sabemos todos cómo se las gastan los muchachos ahora, por las noches puede dormir aquí, y, después de muchas gesticulaciones y aspavientos, don Pedro se marchó y la Régula y Paco, el Bajo, empezaron a instalar sus enseres en silencio, y después cenaron y, al concluir la cena, se sentaron junto al fuego y, en ese momento, irrumpió Facundo, el Porquero,

también te tienes coraje, Paco, en la Casa de Arriba no te para ni Dios, que ya conoces a doña Purita, que parece como que la pincharan con alfileres, lo histérica, que ni él la aguanta,

dijo,

mas, como ni la Régula ni Paco, el Bajo, replicaran, Facundo se apresuró a añadir,

no la conoces, Paco, si no me crees pregúntale a la Pepa, que anduvo allí,

pero la Régula y Paco continuaban mudos y, en vista de ello, Facundo, el Porquero, dio media vuelta y se marchó, y a la mañana, la Nieves se presentó puntualmente en la Casa de Arriba y al otro día lo mismo, hasta que esto se hizo una costumbre y empezaron a transcurrir insensiblemente los días, y, así que llegó mayo, se presentó un día el Carlos Alberto, el mayor del señorito Iván, a hacer la Comunión en la Capilla del Cortijo y dos días después, tras muchos preparativos, la Señora Marquesa con el Obispo en el coche grande, y la Régula, así que abrió el portón, se quedó deslumbrada ante la púrpura, sin saber qué partido tomar, a ver, que, en principio, en pleno desconcierto, dio dos cabezadas, hizo una genuflexión y se santiguó, pero la Señora Marquesa la apuntó desde su altura inabordable,

el anillo, Régula, el anillo,

y fue ella, entonces, la Régula, y se comió a besos el anillo pastoral, mientras el Obispo sonreía y apartaba la mano discretamente, y, azorado, atravesaba los arriates restallantes de flores y penetraba en la Casa Grande, entre las reverencias de los porqueros y los gañanes y, al día siguiente, se celebró la fiesta por todo lo alto, y, después de la ceremonia religiosa en la pequeña capilla, el personal se reunió en la corralada, a comer chocolate con migas y

¡que viva el señorito Carlos Alberto!

y

¡que viva la Señora!

exultaban, pero la Nieves no pudo asistir porque andaba sirviendo a los invitados en la Casa Grande, y lo hacía con gran propiedad, que retiraba los platos sucios con la mano izquierda y los renovaba con la derecha, y a la hora de ofrecer las fuentes se inclinaba levemente sobre el hombro izquierdo del comensal, el antebrazo derecho a la espalda, esbozando una sonrisa, todo con tal garbo y discreción que la Señora se fijó en ella y le preguntó a don Pedro, el Périto, de dónde había sacado aquella alhaja, y don Pedro, el Périto, sorprendido,

la de Paco, el Bajo, es, el guarda, el secretario de Iván, el que anduvo hasta hace unos meses en la Raya de lo de Abendújar, la menor, que se ha empollinado de repente,

y la Señora,

¿la de Régula?

y don Pedro, el Périto,

exactamente, la de Régula, Purita la desasnó en cuatro semanas, la niña es espabilada,

y la Señora no la quitaba ojo a la Nieves, observaba cada uno de sus movimientos, y, en una de éstas, le dijo a su hija,

Miriam, ¿te has fijado en esa muchacha? ¡qué planta, qué modales!, puliéndola un poco haría una buena primera doncella,

y la señorita Miriam, miraba a la Nieves con disimulo,

verdaderamente, la chica no está mal,

dijo,

si es caso, para mi gusto, una pizca de más de aquí,

y se señalaba el pecho, pero la Nieves, sofocada, ajena a todo, se sentía transfigurada por la presencia del niño, el Carlos Alberto, tan rubio, tan majo, con su traje blanco de marinero, y su rosario blanco y su misalito blanco, de manera que, al servirle, le sonreía extasiada, como si sonriera a un arcángel, y, a la noche, tan pronto llegó a casa, aunque se encontraba tronzada por el ajetreo del día, le dijo a Paco, el Bajo,

padre, yo quiero hacer la Comunión
pero imperativamente, que Paco, el Bajo, se sobresaltó,

¿qué dices?
y ella, obstinada,

que quiero hacer la Comunión, padre,
y Paco, el Bajo, se llevó las dos manos a la gorra como si pretendiera sujetarse la cabeza,

habrá que hablar con don Pedro, niña,
y don Pedro, el Périto, al oír en boca de Paco, el Bajo, la pretensión de la chica, rompió a reír, enfrentó la palma de una mano con la de la otra y le miró fijamente a los ojos,

¿con qué base, Paco?, vamos a ver, habla, ¿qué base tiene la niña para hacer la Comunión?; la Comunión no es un capricho, Paco, es un asunto demasiado serio como para tomarlo a broma
y Paco, el Bajo, humilló la cerviz,

si usted lo dice,

pero la Nieves se mostraba terca, no se resignaba y, en vista de la actitud pasiva de don Pedro, el Périto, apeló a doña Purita,

señorita, he cumplido catorce años y siento por aquí dentro como unas ansias,

y, de primeras, doña Purita, la observó con estupor, y, luego, abrió una boca muy roja, muy recortada, levemente dentuna,

¡qué ocurrencias, niña! ¿no será un zagal lo que tú te estás necesitando?,

y estalló en una risotada y repitió,

¡qué ocurrencias!

y, desde entonces, el deseo de la Nieves se tomó en la Casa de Arriba y la Casa Grande como un despropósito, y se utilizaba como un recurso, y cada vez que llegaban invitados del señorito Iván y la conversación, por pitos o por flautas, languidecía o se atirantaba, doña Purita señalaba para la Nieves con su dedo índice, sonrosado, pulcrísimo y exclamaba,

pues ahí tienen a la niña, ahora le ha dado conque quiere hacer la Comunión,

y, en torno a la gran mesa, una exclamación de asombro y miradas divertidas y un sostenido murmullo, como un revuelo, y en la esquina, una risa sofocada, y, tan pronto salía la niña, el señorito Iván,

la culpa de todo la tiene este dichoso Concilio,

y algún invitado cesaba de comer y le miraba fijo, como interrogándole, y, entonces, el señorito Iván se consideraba en el deber de explicar,

las ideas de esta gente, se obstinan en que se les trate como a personas y eso no puede ser, vosotros lo estáis viendo, pero la culpa no la tienen ellos, la culpa la tiene ese dichoso Concilio que les malmete,

y en estos casos, y en otros semejantes, doña Purita entornaba lánguidamente sus ojos negros de rímel, se volvía hacia el señorito Iván y le rozaba con la punta de su nariz respingona el lóbulo de la oreja, y el señorito Iván se inclinaba sobre ella y se asomaba descaradamente al hermoso abismo de su escote y añadía por decir algo, por justificar de alguna manera su actitud,

¿qué opinas tú, Pura, tú los conoces?,

mas don Pedro, el Périto, casi enfrente, les observaba sin pestañear, se mordía la delgada mejilla, se descomponía y, una vez que se retiraban los invitados, y doña Purita y él se encontraban a solas en la Casa de Arriba, perdía el control,

te pones el sujetador de medio cuenco y te abres el escote únicamente cuando viene él, para provocarle, ¿o es que crees que me chupo el dedo?

balbucía,

y, cada vez que regresaban de la ciudad, del cine o del teatro, la misma copla, antes de bajar del coche ya se sentían sus voces,

¡ zorra, más que zorra!

mas doña Purita, canturreaba sin hacerle caso, se apeaba del coche y se ponía a hacer mohínes y pasos de baile en la escalinata, contoneándose, y decía mirando sus pies diminutos,

si Dios me ha dado estas gracias, no soy quien para avergonzarme de ellas,

y don Pedro, el Périto, la perseguía, los pómulos rojos, blancos los lóbulos de las orejas,

no se trata de lo que tienes, sino de lo que enseñas, que eres tú más espectáculo que el espectáculo,

y venga, y dale, y ella, doña Purita, jamás perdía la compostura, entraba en el gran vestíbulo, las manos en la cintura, balanceando exageradamente las caderas, sin cesar de canturrear y él, entonces, cerraba de un portazo, se arrimaba a la panoplia y agarraba la fusta,

¡ te voy a enseñar modales a ti!

voceaba,

y ella, se detenía frente a él, cesaba de cantar y le miraba a los ojos firme, desafiante,

yo sé que no te atreverás, gallina, pero si

un día me tocases con ese chisme ya puedes
echarme un galgo,
decía,
y tornaba a contonearse después de volverle
la espalda y se encaminaba hacia sus habitaciones y él, detrás, gritaba y volvía a gritar,
agitaba los brazos, pero más que gritos eran
los suyos aullidos entrecortados, y, en el momento más agudo de la crisis, se le quebraba
la voz, arrojaba la fusta sobre un mueble, y
rompía a sollozar y, entre hipo e hipo, gimoteaba,

   gozas haciéndome sufrir, Pura, si hago lo
que hago es por lo que te quiero,
pero doña Purita tornaba a sus mohínes y con-
toneos,

   ya tenemos escenita,
decía,
y, para distraerse, se encaraba con la gran
luna del armario y se contemplaba en diver-
sas posturas, ladeando la cabeza, agitando el
cabello y sonriéndose cada vez con mayor ge-
nerosidad hasta forzar las comisuras de los
labios, mientras don Pedro, el Périto, se des-
plomaba de bruces sobre la colcha de la cama,
ocultaba el rostro entre las manos y se arrancaba a llorar como una criatura y la Nieves,
que en más o en menos había sido testigo de
la escena, recogía sus cosas y regresaba a casa

pasito a paso, y si, por un azar, encontraba despierto a Paco, el Bajo, le decía,

buena la armaron esta noche, padre, la ha puesto pingando,

¿don Pedro?

apuntaba, incrédulo, Paco, el Bajo

don Pedro,

y Paco, el Bajo, se echaba ambas manos a la cabeza, como para sujetarla, como si se le fuera a volar, guiñaba los ojos y decía templando la voz,

niña, a ti estos pleitos de la Casa de Arriba, ni te van ni te vienen, tú allí, oír, ver y callar,

pero al día siguiente de una de estas trifulcas, se celebró en el Cortijo la batida de los Santos, la más sonada, y don Pedro, el Périto, que era un tirador discreto, no acertaba una perdiz ni por cuanto hay y el señorito Iván, en la pantalla contigua, que acababa de derribar cuatro pájaros de la misma barra, dos por delante y dos por detrás, comentaba sardónicamente con Paco, el Bajo,

si no lo veo, no lo creo; ¿cuándo acabará de aprender este marica? le están entrando a huevo y no corta pluma, ¿te das cuenta, Paco?

y Paco, el Bajo,

cómo no me voy a dar cuenta, señorito

Iván, lo ve un ciego,

y el señorito Iván,

nunca fue un gran matador, pero yerra demasiado para ser normal, algo le sucede a este zoquete,

y Paco, el Bajo,

eso no, esto de la caza es una lotería, hoy bien y mañana mal, ya se sabe,

y el señorito Iván tomaba una y otra vez los puntos con prontitud, con sorprendente rapidez de reflejos, y entre pim-pam y pim-pam, comentaba con la boca torcida, pegada a la culata de la escopeta,

una lotería hasta cierto punto, Paco, no nos engañemos, que los pájaros que le están entrando a ese marica los baja uno con la gorra,

y, a la tarde, en el almuerzo de la Casa Grande, doña Purita volvió a presentarse con el sujetador de medio cuenco y el generoso escote y venga de hacerle arrumacos al señorito Iván, sonrisa va, guiñito viene, mientras don Pedro, el Périto, se consumía en la esquina de la mesa sin saber qué partido tomar, y se mordía las flacas mejillas por dentro y, tan temblón andaba, que ni acertaba a manejar los cubiertos y cuando ella, doña Purita, reclinó la cabeza sobre el hombro del señorito Iván y le hizo una carantoña y ambos empezaron a amartelarse, don Pedro, el Périto, el hombre, se medio incorporó, levantó el brazo, apuntó con el dedo y voceó tratando de concentrar la atención de todos,

¡pues ahí tienen a la niña que ahora le ha dado con que quiere hacer la Comunión!

y a la Nieves, que retiraba el servicio en ese momento, le dio una vuelta así el estómago y le subió el sofoco y vaciló, pero sonrió con una mueca complaciente, a pesar de que don Pedro, el Périto, continuaba señalándole implacable con su dedo acusador y voceando como un loco, fuera de sí, mientras los demás reían,

¡que no se te suba el pavo, niña, no vayas a hacer cacharros!,

hasta que la señorita Miriam, compadecida, terció,

y ¿qué mal hay en ello?

y don Pedro, el Périto, más aplacado, bajó la cabeza y dijo, en un murmullo, moviendo apenas un lado del bigote,

por favor, Miriam, esta pobre no sabe nada de nada y en cuanto a su padre no tiene más alcances que un guarro, ¿qué clase de Comunión puede hacer?

y la señorita Miriam estiró el cuello, levantó la cabeza y dijo como sorprendida,

y entre tanta gente, ¿es posible que no

haya una persona capaz de prepararla?

y miraba fijamente a doña Purita, del otro lado de la mesa, pero fue don Pedro, el Périto, el que se quedó cortado y, a la noche, ya en la Casa de Arriba, le dijo, como de pasada, a la Nieves,

no te habrás enojado conmigo por lo de esta tarde, ¿verdad, niña?, no fue más que una broma,

pero no pensaba en lo que decía, porque hablaba a la Nieves, pero se iba derecho a doña Purita y, al llegar a su altura, se le achicaron los ojos, se le atirantaron las mejillas, la puso las manos temblorosas en los frágiles hombros desnudos y dijo,

¿puede saberse qué te propones?

pero doña Purita se desasió con un movimiento desdeñoso, dio media vuelta y empezó con sus mohínes y sus canturreos y don Pedro, el Périto, fuera de sí, agarró una vez más la fusta de la panoplia y se fue tras ella,

¡esto sí que no te lo perdono, cacho zorra!, voceó,

y su furor era tanto que se le atragantaban las palabras, pero a los pocos minutos de entrar en la alcoba, la Nieves, como de costumbre, le sintió derrumbarse en la cama y sollozar sofocadamente contra la almohada.

Libro tercero

La milana

Y, en éstas, se presentó en el Cortijo el Azarías, y la Régula le dio los días y le tendió
el saco de paja junto a la cocina como era habitual, pero el Azarías ni la miraba, se implaba y rutaba y hacía como si masticara algo
sin nada en la boca y su hermana,

    ¿te pasa algo, Azarías, no estarás enfermo?
y el Azarías, la vacua mirada en el fuego, gru-
ñía y juntaba las encías desdentadas, y la Régula,

    ae, no te se habrá muerto la otra milana
que tú dices, ¿verdad, Azarías?
y tras mucho porfiar, el Azarías,

    el señorito me ha despedido,
y la Régula,

    ¿el señorito?
y el Azarías,

    dice que ya estoy viejo,
y la Régula,

    ae, eso no puede decírtelo tu señorito, si

te pusiste viejo, a su lado ha sido,
y el Azarías,

yo tengo un año más que el señorito,
y rutaba y mascaba la nada, sentado en el taburete, acodado en los muslos, la cabeza entre las manos, la mirada huera, fija en el hogar, pero, inopinadamente, se oyó el alarido de la Niña Chica y los ojos del Azarías se iluminaron, y sus labios se distendieron en una sonrisa babeante, y le dijo a su hermana,

arrímame a la Niña Chica, anda,
y la Régula,

ae, estará sucia
y el Azarías,

alcánzame a la Niña Chica,
y, ante su insistencia, la Régula se incorporó y regresó con la Charito cuyo cuerpo no abultaba lo que una liebre y cuyas piernecitas se doblaban como las de una muñeca de trapo, como si estuvieran deshuesadas, pero el Azarías la tomó con dedos trémulos, la acomodó en el regazo, sujetó delicadamente su cabecita desarticulada contra su brazo fornido, bajo el sobaco, y comenzó a rascarle suavemente en el entrecejo mientras musitaba,

milana bonita, milana bonita...
y así que regresó Paco, el Bajo, del recorrido de la tarde, la Régula salió a su encuentro,

ae, tenemos visita, Paco, ¿a que no sabes

quién te vino?

y Paco, el Bajo, olfateó un momento y dijo,

tu hermano vino,

y ella

justo, pero esta vez no por una noche, ni por dos, sino para quedarse, él dice que el señorito le ha despedido, vete a saber, habrá que informarse,

y a la mañana siguiente, conforme amaneció Dios, Paco, el Bajo, ensilló la yegua y, a galope tendido, franqueó la vaguada, el monte de chaparros y el jaral y se presentó, escoltado por los aullidos de los mastines, en el cortijo del señorito del Azarías, pero el señorito descansaba y Paco, el Bajo, se apeó y se puso un rato de cháchara con la Lupe, la de Dacio, el Porquero,

un piojoso, eso es lo que es, todo el tabuco lleno de mierda y, por si fuera poco, se orina las manos, será desahogado,

y Paco, el Bajo, asentía, pero,

eso no es nuevo, Lupe

y la Lupe,

nuevo no es, pero, a la larga, cansa, con su interminable letanía de lamentaciones, y así hasta que apareció el señorito y Paco, el Bajo, entonces, se puso en pie, como era de ley,

buenas,

buenas nos las dé Dios, señorito

y se descubrió y empezó a darle vueltas y vueltas a la gorra entre las manos, como si le estorbase, y, al cabo,

señorito, el Azarías dice que usted le despidió, ya ve qué cosas, después de los años, que el señorito,

vamos a ver si nos entendemos, ¿quién eres tú?, ¿quién te dio a ti vela en este entierro?

y Paco, el Bajo, acobardado,

excuse, el hermano político del Azarías, el del Pilón, donde la Señora Marquesa, un mandado de Crespo, el Guarda Mayor, para que me entienda,

y el señorito del Azarías

¡ah, ya!

y movía lentamente la cabeza, afirmando, los ojos cerrados, como pensativo, y, al fin, admitió,

pues el Azarías no miente, que es cierto que le despedí, tú me dirás, un tipo que se orina las manos, yo no puedo comerme una pitorra que él haya desplumado, ¿te das cuenta?, ¡con las manos meadas!, eso es una cochinada y, dime tú, si no me pela las pitorras ¿qué servicio me hace en el Cortijo un carcamal como él que no tiene nada de aquí?,

y se señalaba la frente, se hincaba con fuerza
un dedo en la frente, y Paco, el Bajo, los ojos
en las puntas de sus botas, continuaba giran-
do la gorra entre las manos, así, sobre la parte, y, al fin, juntó valor y

razón, bien mirado, no le falta, señorito,
pero hágase cuenta, mi cuñado echó los dientes aquí, que para San Eutiquio sesenta y un
años, que se dice pronto, de chiquilín, como
quien dice...

pero el señorito agitó una mano y le interrumpió,

todo lo que quieras, tú, menos levantarme
la voz, sólo faltaría, que si a tu cuñado le
aguanté sesenta y un años lo que merezco es
un premio, ¿oyes?, que buenos están los tiempos para acoger de caridad a un anormal que
se hace todo por los rincones, y, por si fuera
poco, se orina las manos antes de pelarme las
pitorras, una repugnancia, eso es lo que es,

y Paco, el Bajo, sin dejar de dar vueltas a la
gorra, asentía, cada vez más tenuemente,

si me hago cargo, señorito, pero ya ve, allí,
en casa, dos piezas, con cuatro muchachos, ni
rebullirnos...

y el señorito,

todo lo que quieras, tú, pero lo mío no es
un asilo y para situaciones así está la familia,
¿o no?

y Paco, el Bajo,

si usted lo dice,

y, paso a paso, reculaba hacia la yegua, pero cuando puso pie en el estribo y montó, al señorito del Azarías se le amontonaron en la boca nuevas razones,

que además de lo que te llevo dicho, tú, el Azarías blasfema y quita los tapones a las ruedas de los coches de mis amigos, date cuenta, así sea el mismísimo ministro, comprenderás que yo no puedo invitar a nadie para que ese anormal...

e iba alzando gradualmente la voz a medida que Paco, el Bajo, se alejaba al trotecillo de la yegua,

... le deje los neumáticos en el suelo... ¡comprenderás...!

pero, bien mirado, el Azarías era un engorro, como otra criatura, a la par que la Niña Chica, ya lo decía la Régula, inocentes, dos inocentes, eso es lo que son, pero siquiera la Charito paraba quieta, que el Azarías ni a sol ni a sombra y, a la noche, ni pegar ojo, con sus paseos y carraspeos, y si se ponía a rutar era lo mismo que un perro, y así hasta la amanecida que asomaba a la corralada, mascando salivilla, el pantalón por las corvas, y los porqueros y los guardas y los gañanes, siempre la misma copla,

Azarías, ¿vas de pesca?

y él sonreía a la nada, según rascaba los aseladeros, y ronroneaba juntando las encías, y, al concluir, tomaba una herrada en cada mano y decía,

me voy por abono para las flores,

y, franqueaba el portón, y se perdía en la loma, entre las jaras y las encinas, buscando a Antonio Abad, el Pastor, que por la hora no podía andar lejos, y, así que se le topaba, se ponía a caminar parsimoniosamente tras el rebaño, agachándose y recogiendo cagarrutas recientes hasta que colmaba las herradas y, una vez llenas, retornaba al Cortijo musitando palabras inaudibles, la blanca salivilla empastada en las comisuras y tan pronto entraba en la corralada, ya estaba la Pepa, o el Abundio, o la Remedios, la del Crespo, o quien fuera,

ya vino el Azarías con el abono de los geranios,

y el Azarías, sonreía, e iba bordeando los arriates y los macizos distribuyendo equitativamente los escíbalos entre ellos, y la Pepa, o el Abundio, o la Remedios, o el mismo Crespo,

mete más mierda en el Cortijo que la que saca,

y la Régula, en paciente ademán,

ae, no molesta a nadie y por lo menos está entretenido,

pero el Facundo, o la Remedios, o la Pepa, o el
mismo Crespo, torcían el gesto,

tú te verás cuando venga la Señora,
pero el Azarías era diligente y aplicado y, mañana tras mañana, volvía de los encinares con
dos cubos cargados de cagarrutas, de tal forma
que, al cabo de unas semanas, las flores de los
arriates emergían de unos cónicos montículos
de escíbalos, negros como pequeños volcanes,
y la Régula hubo de imponerse,

ae, más abono, no, Azarías, ahora paséame
un rato a la Niña Chica,
le dijo,
y, a la noche, rogó a Paco, el Bajo, que buscase
algún quehacer para el Azarías, pues los jar-
dines tenían abono de más y si se le dejaba
inactivo, en seguida le entraba la perezosa y
daba en acostarse entre los madroños y nadie
podía hacer vida de él, mas, por aquellos días,
el Rogelio, el muchacho, ya se manejaba solo,
y andaba de aquí para allá con el tractor, un
tractor rojo, recién importado, y sabía armar-
le y desarmarle y cada vez que veía a la Régula
preocupada por el Azarías, la decía,

yo me llevo al tío, madre,
porque el Rogelio era efusivo y locuaz, todo
lo contrario que el Quirce, cada día más taciturno y zahareño, que la Régula,

¿qué puede ocurrirle al Quirce de un tiempo a esta parte?

se preguntaba,

pero el Quirce no daba explicaciones y, cada vez que disponía de dos horas libres, desaparecía del Cortijo y regresaba a la noche, un poco embriagado y grave, que nunca sonreía, nunca, salvo cuando su hermano Rogelio encarecía del Azarías,

tío ¿por qué no cuenta usted las mazorcas?

y el Azarías, dócilmente, ganado por la fiebre de ser útil, se arrimaba al enorme montón de panochas, orilla del silo y

una, dos, tres, cuatro, cinco...

contaba pacientemente, y, siempre, al llegar a once, decía,

cuarenta y tres, cuarenta y cuatro, cuarenta y cinco,

y, entonces, sí, entonces el Quirce sonreía, con una sonrisa un poco tirante, un poco forzada, pero para una vez que sonreía, su madre, la Régula, se encampanaba y le regañaba, las piernas abiertas, los brazos en jarras, fustigándole con los ojos,

ae, bonito está eso, reírse de un viejo inocente es ofender a Dios,

y, enojada, se iba en busca de la Niña Chica, la tomaba en sus brazos y se la entregaba al Azarías,

toma, duérmetela, ella es la única que te

comprende,

y el Azarías recogía amorosamente a la Niña Chica y, sentado en el poyo de la puerta, la arrullaba y la decía a cada paso, con voz brumosa, ablandada por la falta de dientes,

milana bonita, milana bonita,

hasta que los dos, casi simultáneamente, se quedaban dormidos a la solisombra del emparrado, sonriendo como dos ángeles, pero una mañana, la Régula, según peinaba a la Niña Chica, encontró un piojo entre las púas del peine y se encorajinó y se llegó donde el Azarías,

Azarías, ¿qué tiempo hace que no te lavas?

y el Azarías,

eso los señoritos

y ella, la Régula,

ae, los señoritos, el agua no cuesta dinero, cacho marrano,

y el Azarías, sin decir palabra, mostró sus manos de un lado y de otro, con la mugre acumulada en las arrugas, y, finalmente dijo humildemente, a modo de explicación,

me las orino cada mañana para que no me se agrieten,

y la Régula, fuera de sí,

ae, semejante puerco, ¿no ves que estás criando miseria y se la pegas a la criatura?

pero el Azarías la miraba desconcertado, con sus amarillas pupilas implorantes, la cabeza gacha, gruñendo cadenciosamente, como un cachorro, mascando salivilla con las encías, y su inocencia y sumisión desarmaron a su hermana,

haragán, más que haragán, tendré que ocuparme de ti como si fueras otra criatura,

y, a la tarde siguiente, se encaramó al remolque, junto al Rogelio y se fue a Cordovilla, donde el Hachemita, y compró tres camisetas y, de vuelta a casa, se encaró con el Azarías,

te pones una cada semana, ¿me has entendido?

y el Azarías asentía y hacía muecas, pero transcurrido un mes, la Régula volvió a buscarle, orilla del sauce,

ae, ¿puede saberse dónde pusiste las camisetas que te merqué?, va para cuatro semanas y aún no te lavé ninguna,

y el Azarías humilló los amarillentos ojos sanguinolentos y rutó imperceptiblemente, hasta que su hermana perdió la paciencia y le zamarreó y según le sacudía por las solapas levantadas, descubrió las camisetas, una encima de la otra, sobrepuestas, las tres, y

marrano, más que marrano, que eres aún peor que los guarros, quítate eso, ¿oyes?, quítate eso,

y el Azarías, sumisamente, se sacó la parchea-
da chaqueta de pana parda y, luego, las camisetas, una tras otra, las tres, y dejó al descubierto un torso hercúleo, arropado por un
vello canoso,
y la Régula,

ae, cuando te quites una te pones la otra,
la limpia, quita y pon, ésa es toda la ciencia,
y el Rogelio a reír, que se cubría la boca con
su mano grande y morena para sofocar la risa
y no irritar a su madre y Paco, el Bajo, sentado
en el poyo, contemplaba la escena apesadumbrado y, al fin, bajaba la cabeza,

es aún peor que la Niña Chica,
musitaba,
y así fue corriendo el tiempo y, con la llegada
de la primavera, el Azarías dio en sufrir alu-
cinaciones, y a toda hora se le representaba
su hermano, el Ireneo, de noche en blanco y
negro, como enmarcado en un escapulario, y
de día, si se tendía entre la torvisca, policro-
mado, grande y todopoderoso, sobre el fondo
azul del cielo, como vio un día a Dios-Padre
en un grabado y, en esos casos, el Azarías, se
levantaba y se iba donde la Régula,

hoy volvió el Ireneo, Régula,
decía,
y ella

ae, otra vez, deja al pobre Ireneo en paz

y el Azarías

en el cielo está

y ella,

a ver, ¿qué mal hizo a nadie?

pero las cosas del Azarías en seguida trascendían al Cortijo y los porqueros, y los pastores y los gañanes se hacían los encontradizos y le preguntaban,

¿qué fue del Ireneo, Azarías?

y el Azarías alzaba los hombros,

se murió, Franco lo mandó al cielo,

y ellos, como si fuera la primera vez que se lo preguntaban,

y ¿cuándo fue eso, Azarías, cuándo fue eso?

y el Azarías movía repetidamente los labios antes de responder,

hace mucho tiempo, cuando los moros,

y ellos se daban de codo y reprimían la risa y reiteraban,

¿y estás seguro de que Franco le mandó al cielo, no le mandaría al infierno?

y el Azarías negaba resueltamente con la cabeza, sonreía, babeaba y señalaba a lo alto, a lo azul,

yo lo veo ahí arriba cada vez que me acuesto entre la torvisca,

aclaraba,

pero lo más grave para Paco, el Bajo, eran los

desahogos del Azarías, puesto que a cualquier hora del día o de la noche, su cuñado abandonaba la casa, buscaba un rincón, bien orilla de la tapia, o en los arriates, o en el cenador o junto al sauce, se bajaba los calzones, se acuclillaba y lo hacía, así que Paco, el Bajo, cada mañana, antes del recorrido, salía al patio como un enterrador, la azada al hombro y trataba de borrar sus huellas y, luego, volvía a la Régula y se lamentaba,

este hombre debe tener las canillas flojas, de otro modo no se explica,

y cada lunes y cada martes, aparecía en el Cortijo un nuevo evacuatorio y Paco, el Bajo, venga, dale, con la azada, a cubrirlo, pero pese a sus esfuerzos, cada vez que salía de casa y ahuecaba los agujeros de la nariz —por donde al decir del señorito Iván, los días que estaba de buen talante, se le veían los sesos— le venía la peste y se desesperaba,

¡huele otra vez, Régula, tu hermano no tiene arreglo!,

y la Régula, desolada,

ae, y ¿qué quieres que yo le haga?, no es mala cruz la que nos ha caído encima,

mas, por aquellos días, el Azarías empezó a echar en falta las carreras del cárabo y cada vez que sorprendía a su cuñado quieto, parado, se llegaba a él, zalamero,

arrímame a la sierra a correr el cárabo, Paco,
le decía,
y Paco, el Bajo, mudo, como si no fuese con él, y el Azarías,
arrímame a la sierra a correr el cárabo, Paco,
y Paco, el Bajo, mudo, como si no fuese con él, hasta que una tarde, sin saber cómo ni por qué, le vino la idea, que se abrió paso en su pequeño cerebro como una luz, y, entonces, se volvió aquiescente a su cuñado,
y si te arrimo a la sierra a correr el cárabo, ¿lo harás en el monte?, ¿no volverás a ensuciarte en la corralada?
y el Azarías,
si tú lo dices,
y, a partir de aquella fecha, Paco, el Bajo, cada anochecida, aupaba al Azarías a la grupa de la yegua y le llevaba con él de descubierta y, ya noche cerrada, se apeaban en la falda de la sierra, y, mientras Paco, el Bajo, se acomodaba en el canchal, a aguardar, orilla del alcornoque mocho, el Azarías se perdía en lo espeso, entre las jaras y la montera, encorvado, acechante como una alimaña, abriéndose paso entre la greñura y, al cabo de una larga pausa, Paco, el Bajo, oía su cita,
¡eh, eh!,

y, acto seguido, el silencio, y, al cabo, la voz levemente nasal del Azarías de nuevo,

¡eh, eh!

y, tras citarle tres o cuatro veces en vano, el cárabo respondía,

¡buhú, buhú!

y, entonces, el Azarías arrancaba a correr arruando, como un macareno, y el cárabo aullaba detrás y, de cuando en cuando, soltaba su lúgubre carcajada y Paco, el Bajo, desde el Canchal del Alcornoque, sentía los chasquidos de la maleza al quebrarse y, poco después, el aullido del cárabo, y, después, su carcajada estremecedora y, más después, nada y, transcurrido un cuarto de hora, aparecía el Azarías, el rostro y las manos cubiertas de mataduras, con su sonrisa babeante, feliz,

buena carrera le di, Paco,

y Paco, el Bajo, a lo suyo,

¿diste de vientre?

y el Azarías,

todavía no, Paco, no tuve tiempo

y Paco, el Bajo,

pues, venga, aviva,

y el Azarías, sin dejar de sonreír, lamiéndose los rasguños de las manos, se alejaba unos metros, se doblaba junto a un tamujo y descargaba, y así día tras día, hasta que una tarde, al concluir mayo, se presentó el Rogelio con una grajeta en carnutas entre las manos,

¡ tío, mire lo que le traigo!

y todos salieron de la casa y al Azarías, al ver el pájaro indefenso, se le enternecieron los ojos, le tomó delicadamente en sus manos y musitó,

milana bonita, milana bonita,

y, sin cesar de adularla, entró en la casa, la depositó en una cesta y salió en busca de materiales para construirle un nido y, a la noche, le pidió al Quirce un saco de pienso y, en una lata herrumbrosa, lo mezcló con agua y arrimó una pella al pico del animal y dijo, afelpando la voz,

quiá, quiá, quiá

y la grajilla rilaba en las pajas,

¡ quiá, quiá, quiá!,

y él, el Azarías, cada vez que la grajilla abría el pico, embutía en su boca inmensa, con su sucio dedo corazón, un grumo de pienso compuesto y el pájaro lo tragaba, y, después, otra pella y otra pella, hasta que el ave se saciaba, quedaba quieta, ahíta, pero a la media hora, una vez pasado el empacho circunstancial, volvía a reclamar y el Azarías repetía la operación mientras murmuraba tiernamente,

milana bonita,

murmullos apenas inteligibles, mas la Régula

le miraba hacer y le decía confidencialmente al Rogelio,

ae, más vale así, buena idea tuviste,

y el Azarías no se olvidaba del pájaro ni de día ni de noche y en cuanto le apuntaron los primeros cañones, corrió feliz por la corralada, de puerta en puerta, una sonrisa bobalicona bailándole entre los labios, las amarillas pupilas dilatadas,

la milana ya está emplumando,

repetía,

y todos le daban los parabienes o le preguntaban por el Ireneo, menos su sobrino, el Quirce, quien le enfocó su mirada aviesa y le dijo,

y ¿para qué quiere en casa semejante peste, tío?

y el Azarías volvió a él sus ojos atónitos, asombrados,

no es peste, es la milana,

mas el Quirce movió obstinadamente la cabeza y, después, escupió,

¡qué joder!, es un pájaro negro y nada bueno puede traer a casa un pájaro negro,

y el Azarías le miró un momento desorientado y, finalmente, posó sus tiernos ojos sobre el cajón y se olvidó del Quirce,

mañana le buscaré una lombriz,

dijo,

y, a la mañana siguiente, empezó a cavar afanosamente en el macizo central hasta que encontró una lombriz, la cogió con dos dedos y se la dio a la grajeta y la grajeta la engulló con tal deleite que el Azarías babeaba de satisfacción,

¿la viste, Charito? ya es una moza, mañana la buscaré otra lombriz,

le dijo a la Niña Chica,

y, paso a paso, la grajilla iba encorpando y emplumando dentro del nido, con lo que, ahora, cada vez que Paco, el Bajo, sacaba al Azarías a correr el cárabo, éste se recomía de impaciencia,

apura, Paco, la milana me está aguardando,

y Paco, el Bajo,

¿diste de vientre?

y el Azarías,

la milana me está aguardando, Paco,

y Paco, el Bajo, inconmovible,

si no das de vientre, te tengo aquí hasta que amanezca y la milana se muera de hambre,

y el Azarías se aflojaba los calzones,

no debes hacer eso,

rutaba, al tiempo que se acuclillaba orilla un chaparro y deyectaba, pero antes de concluir, ya estaba en pie,

venga, Paco, vivo,

se subía apresuradamente los pantalones,

la milana me está aguardando,
y distendía los labios en una húmeda, extraviada, sonrisa y mascaba salivilla con placentera delectación y este episodio se repetía cada día hasta que una mañana, tres semanas más tarde, según paseaba a la grajeta por la corralada sobre su antebrazo, ésta inició un tímido aleteo y comenzó a volar, en un vuelo corto, blando y primerizo, hasta alcanzar la copa del sauce, donde se posó, y, al verla allí, por primera vez lejos de su alcance, el Azarías gimoteaba,

la milana me se ha escapado, Régula
y asomó la Régula

ae, déjala que vuele, Dios la dio alas para volar, ¿no lo comprendes?
pero el Azarías,

yo no quiero que me se escape la milana, Régula,
y miraba ansiosa, angustiadamente, para la copa del sauce y la grajilla volvía sus ojos aguanosos a los lados, descubriendo nuevas perspectivas, y, después, giraba la cabeza y se picoteaba el lomo, despiojándose y el Azarías, poniendo en sus palabras toda la unción, todo el amor de que era capaz, decía,

milana bonita, milana bonita,
encarecidamente,
pero el pájaro como si nada, y tan pronto la

Régula arrimó al árbol la escalera de mano con intención de prenderlo y subió los dos primeros peldaños, la grajilla ahuecó las alas, las agitó un rato en el vacío, y, finalmente, se desasió de la rama, y, en vuelo torpe e indeciso, coronó el tejado de la capilla y se encaramó en la veleta de la torre, allá en lo alto, y el Azarías la miraba con los lagrimones colgados de los ojos, como reconviniéndola por su actitud,

no estaba a gusto conmigo,
decía,
y, en éstas, se presentó el Críspulo y, luego, el Rogelio, y la Pepa, y el Facundo, y el Crespo, y toda la tropa, los ojos en alto, en la veleta de la torre y la grajilla, indecisa, se balanceaba, y el Rogelio reía,

cría cuervos, tío,
y el Facundo,

a ver, de que cogen gusto a la libertad,
y porfiaba la Régula,

ae, Dios dio alas a los pájaros para volar,
y al Azarías le resbalaban los lagrimones por las mejillas y él trataba de espantarlas a manotazos y tornaba a su cantinela,

milana bonita, milana bonita,
y, según hablaba, se iba apartando del grupo, apretujado a la sombra caliente del sauce, los ojos en la veleta, hasta que quedó, mínimo y

83

solo, en el centro de la amplia corralada, bajo el sol despiadado de julio, su propia sombra como una pelota negra, a los pies, haciendo muecas y aspavientos, hasta que, de pronto, alzó la cabeza, afelpó la voz y voceó,

¡quiá!

y, arriba, en la veleta, la grajilla acentuó sus balanceos, oteó la corralada, se rebulló inquieta, y volvió a quedar inmóvil y el Azarías, que la observaba, repitió entonces,

¡quiá!

y la grajilla estiró el cuello, mirándole, volvió a recogerlo, tornó a estirarlo y, en ese momento, el Azarías, repitió fervorosamente,

¡quiá!

y, de pronto, sucedió lo imprevisto, y como, si entre el Azarías y la grajilla se hubiera establecido un fluido, el pájaro se encaramó en la flecha de la veleta y comenzó a graznar alborozadamente,

¡quiá, quiá, quiá!

y en la sombra del sauce se hizo un silencio expectante y, de improviso, el pájaro se lanzó hacia adelante, picó, y ante la mirada atónita del grupo, describió tres amplios círculos sobre la corralada, ciñéndose a las tapias y, finalmente, se posó sobre el hombro derecho del Azarías y empezó a picotearle insistentemente el cogote blanco como si le despiojara y Azarías sonreía, sin moverse, volviendo ligeramente la cabeza hacia ella y musitando como una plegaria,

milana bonita, milana bonita.

Libro cuarto

Libro cuarto

El secretario

Mediado junio, el Quirce comenzó a sacar el rebaño de merinas cada tarde, y, al ponerse el sol, se le oía tocar la armónica delicadamente de la parte de la sierra, mientras su hermano Rogelio, no paraba, el hombre, con el jeep arriba, con el tractor abajo, siempre de acá para allá,

este carburador ratea,

no vuelve el pedal del embrague,

esas cosas, y el señorito Iván, como sin darlo importancia, cada vez que visitaba el Cortijo, observaba a los dos, al Quirce y al Rogelio, llamaba al Crespo a un aparte y le decía confidencialmente,

Crespo, no me dejes de la mano a esos muchachos, Paco, el Bajo, ya va para viejo y yo no puedo quedarme sin secretario,

pero ni el Quirce ni el Rogelio sacaban el prodigioso olfato de su padre, que su padre, el Paco, era un caso de estudio, ¡Dios mío!, desde chiquilín, que no es un decir, le soltaban una perdiz aliquebrada en el monte y él se ponía a cuatro patas y seguía el rastro con su chata nariz pegada al suelo sin una vacilación, como un braco, y andando el tiempo, llegó a distinguir las pistas viejas de las recientes, el rastro del macho del de la hembra, que el señorito Iván se hacía de cruces, entrecerraba sus ojos verdes y le preguntaba,

pero ¿a qué diablos huele la caza, Paco, maricón?

y Paco, el Bajo,

¿de veras no la huele usted, señorito?

y el señorito Iván,

si la oliera no te lo preguntaría,

y Paco, el Bajo,

¡qué cosas se tiene el señorito Iván!

y en la época en que el señorito Iván era el Ivancito, que, de niño, Paco le decía el Ivancito al señorito Iván, la misma copla,

¿a qué huele la caza, Paco?

y Paco, el Bajo, solícito,

¿es cierto que tú no la hueles, majo?

y el Ivancito,

pues no, te lo juro por mis muertos, a mí la caza no me huele a nada,

y Paco,

ya te acostumbrarás, majo, ya verás cuando tengas más años,

92

porque el Paco, el Bajo, no apreció sus cuali-
dades hasta que comprobó que los demás no
eran capaces de hacer lo que él hacía, y de ahí
sus conversaciones con el Ivancito, que el niño
empezó bien tierno con la caza, una chaladu-
ra, gangas en julio, en la charca o los revolca-
deros, codorniz en agosto, en los rastrojos,
tórtolas en setiembre, de retirada, en los pasos
de los encinares, perdices en octubre en las
labores y el monte bajo, azulones en febrero,
en el Lucio del Teatino y, entre medias, la caza
mayor, el rebeco y el venado, siempre con el
rifle o la escopeta en la mano, siempre, pim-
pam, pim-pam, pim-pam, que
     es chifladura la de este chico,
decía la Señora,
y de día y de noche, en invierno o en verano,
al rececho, al salto o en batida, pim-pam, pim-
pam, pim-pam, el Ivancito con el rifle o la
escopeta, en el monte o los labajos y el año 43,
en el ojeo inaugural del Día de la Raza, ante el
pasmo general, con trece años mal cumplidos,
el Ivancito entre los tres primeros, a ocho
pájaros de Teba, lo nunca visto, que había
momentos en que tenía cuatro pájaros muertos en el aire, algo increíble, que era cosa de
verse, un chiquilín de chupeta codeándose con
las mejores escopetas de Madrid y ya desde
ese día, el Ivancito se acostumbró a la compa-

ñía de Paco, el Bajo, y a sacar partido de su olfato y su afición y resolvió pulirle, pues Paco, el Bajo, flaqueaba en la carga y el Ivancito le entregó un día dos cartuchos y una escopeta vieja y le dijo,

cada noche, antes de acostarte, mete y saca los cartuchos de los cañones hasta cien veces, Paco, hasta que te canses,
y agregó tras una pausa,

si logras ser el más rápido de todos, entre esto, los vientos que Dios te ha dado y tu retentiva, no habrá en el mundo quien te eche la pata como secretario, te lo digo yo,
y Paco, el Bajo, que era servicial por naturaleza, cada noche, antes de acostarse, ris-ras, abrir y cerrar la escopeta, ris-ras, meter y sacar los cartuchos en los caños, que la Régula,

ae, ¿estás tonto, Paco?
y Paco, el Bajo,

el Ivancito dice que te puedo ser el mejor,
y, al cabo de un mes,

Ivancito, majo, en un amén te meto y te saco los cartuchos de la escopeta,
y el Ivancito,

eso hay que verlo, Paco, no seas farol,
y Paco exhibió su destreza ante el muchacho y,

esto marcha, Paco, no lo dejes, sigue así,
dijo el Ivancito tras la demostración y de

este modo, Ivancito por aquí, Ivancito por allá, ni advertía Paco que pasaba el tiempo, hasta que una mañana, en el puesto, ocurrió lo que tenía que ocurrir, o sea Paco, el Bajo, le dijo con la mejor voluntad,

Ivancito, ojo, la barra por la derecha,

y el Ivancito se armó en silencio, tomó los puntos y, en un decir Jesús, descolgó dos perdices por delante y dos por detrás, y no había llegado la primera al suelo, cuando volvió los ojos hacia Paco y le dijo con gesto arrogante,

de hoy en adelante, Paco, de usted y señorito Iván, ya no soy un muchacho,

que para entonces ya había cumplido el Ivancito dieciséis años y fue Paco, el Bajo, y le pidió excusas y, en lo sucesivo, señorito Iván por aquí, señorito Iván por allá, porque bien mirado, ya iba para mozo y era de razón, mas, con el tiempo, el prurito cinegético le fue creciendo en el pecho al señorito Iván y era cosa sabida que en cada batida, no sólo era el que más mataba, sino también, quien derribaba la perdiz más alta, la más larga y la más recia, que en este terreno no admitía competencia, e infaliblemente le ponía a Paco por testigo,

larga dice el Ministro, Paco, oye ¿a qué distancia tiré yo, por aproximación, al pájaro aquel de la primera batida, el del canchal, el que se repulló a las nubes, aquel que fue a dar el pelotazo en la Charca de los Galápagos, te recuerdas?

y Paco, el Bajo, abría unos ojos desmesurados, levantaba jactanciosamente la barbilla y sentenciaba,

no le voy a recordar, el pájaro perdiz aquel no volaba a menos de noventa metros,

o, si se trataba de perdices recias, la misma copla,

no me dejes de farol, Paco, habla, ¿cómo venía la perdiz aquella, la de la vaguada, la que me sorprendió bebiendo un trago de la bota...?

y Paco ladeaba ligeramente la cabeza, el índice en la mejilla, reflexionando,

sí, hombre,

insistía el señorito Iván,

la que traía el viento de culo, la del madroño, hombre, que tú dijiste, que tú dijiste...

y Paco, de pronto, entornaba los ojos, ponía los labios como para silbar aunque no silbaba, y

también más recia que un aeroplano,

concluía,

y, aunque en rigor, el señorito Iván desconocía la distancia a que el otro había tirado a su perdiz, y cómo venía de recia la que tiró el de más allá, ineluctablemente las suyas eran más largas y recias y, para demostrarlo, apelaba al testimonio de Paco, el Bajo, y esto, a Paco, el Bajo, le envanecía, se jactaba del peso de su juicio, y se vanagloriaba, asimismo, de que lo que más envidiaran al señorito Iván los amigos del señorito Iván, fueran sus facultades y su disposición para la cobra,

ni el perro más fino te haría el servicio de este hombre, Iván, fíjate lo que te digo, que no sabes lo que tienes

le decían,

y, con frecuencia, los amigos del señorito Iván requerían a Paco, el Bajo, para cobrar algún pájaro perdiz alicorto y, en tales casos, se desentendían de las tertulias posbatida y de las disputas con los secretarios vecinos, y se iban tras él, para verle desenvolverse, y, una vez que Paco se veía rodeado de la flor y nata de las escopetas, decía, ufanándose de su papel,

¿dónde pegó el pelotazo, vamos a ver?

y ellos, el Subsecretario, o el Embajador, o el Ministro,

aquí tienes las plumas, Paco

y Paco, el Bajo

¿qué dirección llevaba, vamos a ver?

y el que fuera,

la del jaral, Paco, tal que así, sirgada contra el jaral,

y Paco,

¿venía sola, apareada o en barra, vamos a ver?

y el que fuera,

dos entraban, Paco, ahora que lo dices, la pareja,

y el señorito Iván miraba a sus invitados con sorna y señalaba con la barbilla a Paco, el Bajo, como diciendo, ¿qué os decía yo?, y, acto seguido, Paco, el Bajo, se acuclillaba, olfateaba con insistencia el terreno, dos metros alrededor del pelotazo y murmuraba,

por aquí se arrancó,

y, seguía el rastro durante varios metros y, al cabo, se incorporaba,

esta dirección llevaba, luego estará en aquel chaparro y, si no, amonada en el mato, orilla del alcornoque, no puede haber ido más lejos,

y allá se iba el grupo tras Paco y, si el pájaro no andaba en el chaparro, amonado estaba en el mato, orilla del alcornoque, no fallaba, y el Subsecretario, o el Embajador o el Ministro, el que fuera, decía asombrado,

y ¿por qué regla de tres no podía estar en otro sitio, Paco, me lo quieres explicar?

y Paco, el Bajo, los consideraba unos segundos con arrogancia y, finalmente, decía con mal reprimido desprecio,

el pájaro perdiz no abandona el surco cuando apeona a ocultarse,

y ellos, se miraban entre sí y asentían y el señorito Iván, los pulgares en los sobacos de su chaleco-canana, sonreía abiertamente,

¿eh, qué os decía yo?

muy orondo, lo mismo que cuando mostraba la repetidora americana o la Guita, la cachorra grifona, y, de vuelta a los puestos, de nuevo a solas con Paco, comentaba,

¿te fijas? el maricón del francés no distingue un arrendajo de una perdiz,

o bien,

el maricón del Embajador no corre la mano izquierda ¿te das cuenta?, grave defecto para un diplomático,

porque, fatalmente, para el señorito Iván, todo el que agarraba una escopeta era un maricón, que la palabra esa no se le caía de los labios, qué manía, y, en ocasiones, en el ardor de la batida, cuando las voces de los ojeadores se confundían en la distancia y los cornetines rumbaban en los extremos, entrizando a los pájaros, y las perdices se arrancaban desorientadas brrrr, brrrr, brrrr, por todas partes, y la barra entraba velozmente a la línea de escopetas, y el señorito Iván derribaba dos juntas aquí y otras dos allá, bien de doblete, bien de carambola, y sonaban disparos a izquierda y derecha, que era la guerra, y Paco, el Bajo,

.ba contando para sus adentros, treinta y dos, treinta y cuatro, treinta y cinco y trocando la escopeta vacía por otra gemela cargada, hasta cinco, que los caños se ponían al rojo, y anotando en la cabeza el lugar donde cada pieza caía, bueno, en esos casos, Paco, el Bajo, se ponía caliente como un perdiguero, que no podía aquietarse, que era superior a sus fuerzas, se asomaba acuclillado al borde de la pantalla y decía, mascando las palabras para no espantar el campo,

¡suélteme, señorito, suélteme!

y el señorito Iván, secamente,

¡para quieto, Paco!

y él, Paco, el Bajo,

¡suélteme, por su madre se lo pido, señorito!

cada vez más excitado, y el señorito Iván, sin cesar de disparar,

mira, Paco, no me hagas agarrar un cabreo, aguarda a que termine la batida,

mas a Paco, el Bajo, el ver desplomarse las perdices muertas ante sus chatas narices, le descomponía,

¡suélteme, señorito, por Dios bendito se lo pido!

hasta que el señorito Iván se irritaba, le propinaba un puntapié en el trasero y le decía,

si sales del puesto antes de tiempo, te pego

un tiro, Paco, tú ya te sabes cómo las gasto,
pero era el suyo un encono pasajero, pura-
mente artificial, porque cuando, minutos después, Paco, el Bajo, empezaba a acarrearle el
botín y se presentaba con sesenta y cuatro de
los sesenta y cinco pájaros abatidos y le decía
nerviosamente,

el pájaro perdiz que falta, señorito Iván,
el que bajó usted orilla de la retama, me lo ha
afanado el Facundo, dice que es de su señorito,

la furia del señorito Iván se desplazaba a Facundo,

¡Facundo!

voceaba con voz tonante,

y acudía Facundo,

¡eh, tú, listo, tengamos la fiesta en paz!, el
pájaro perdiz ese de la retama es mío y muy
mío, de modo que venga,

extendía la mano abierta, pero el Facundo se
encogía de hombros y ponía los ojos planos,
inexpresivos,

otro bajó mi señorito orilla de la retama,
eso no es ley,

mas el señorito Iván alargaba aún más la
mano y empezaba a notar el prurito en las
yemas de los dedos,

mira, no me calientes la sangre, Facundo,
no me calientes la sangre, ya sabes que no hay

cosa que más me joda que que me birlen los pájaros que yo mato, así que venga esa perdiz,

y, llegados a este extremo, Facundo le entregaba la perdiz, sin rechistar, la historia de siempre, que René, el francés, que era un asiduo de las batidas hasta que pasó lo que pasó, se hacía de cruces la primera vez,

¿cómo ser posible matar sesenta y cinco perdices Iván y coger sesenta y cinco perdices Paco?, mí no comprender,

repetía,

y Paco, el Bajo, complacido, se sonreía a lo zorro y se señalaba la cabeza,

las apunto aquí,

decía,

y el francés abría desmesuradamente los ojos,

¡ah, ah, las apunta en la teta!

exclamaba,

y Paco, el Bajo, de nuevo en el puesto, junto al señorito Iván,

la teta dijo, señorito Iván, se lo juro por mis muertos, digo yo que será cosa del habla de su país,

y el señorito Iván,

mira, por una vez has acertado,

y a partir de aquel día, entre bromas y veras, el señorito Iván y sus invitados cada vez que se reunían sin señoras delante, tal cual en los

102

sorteos de los puestos o en el taco, a la solana, a mediodía, decían teta por cabeza,

este cartucho es muy fuerte, me ha levantado dolor de teta,

o bien,

el Subse es muy testarudo, si se le mete una cosa en la teta no hay quien se la saque,

e, invariablemente, así lo dijeran ochenta veces, todos a reír, pero a reír fuerte, a carcajada limpia, que se ponían enfermos de la risa que les daba, y así hasta que reanudaban la cacería, y, al concluir el quinto ojeo, ya entre dos luces, el señorito Iván metía dos dedos en el bolsillo alto del chaleco-canana y le entregaba ostentosamente a Paco un billete de veinte duros,

toma, Paco, y que no sirva para vicios, que me estás saliendo muy gastoso tú, y la vida anda muy achuchada

y Paco, el Bajo, agarraba furtivamente el billete y al bolsillo,

pues, por muchas veces, señorito Iván,

y, a la mañana siguiente, la Régula, marchaba con Rogelio, en el remolque, a Cordovilla, donde el Hachemita, a mercarse un percal o unas rastrojeras para los muchachos, que nunca faltaba en casa una necesidad, y así siempre, cada vez que había batida o palomazo, y todo iba bien hasta que la última vez que asistió el francés, se armó una trifulca en la Casa Grande, durante el almuerzo, al decir de la Nieves, por el aquel de la cultura, que el señorito René dijo que en Centroeuropa era otro nivel, una inconveniencia, a ver, que el señorito Iván,

eso te piensas tú, René, pero aquí ya no hay analfabetos, que tú te crees que estamos en el año treinta y seis,

y de unas cosas pasaron a otras y empezaron a vocearse el uno al otro, hasta que perdieron los modales y se faltaron al respeto y como último recurso, el señorito Iván, muy soliviantado, ordenó llamar a Paco, el Bajo, a la Régula y al Ceferino y,

es bobería discutir, René, vas a verlo con tus propios ojos,

voceaba,

y al personarse Paco con los demás, el señorito Iván adoptó el tono didáctico del señorito Lucas para decirle al francés,

mira, René, a decir verdad, esta gente era analfabeta en tiempos, pero ahora vas a ver, tú, Paco, agarra el bolígrafo y escribe tu nombre, haz el favor, pero bien escrito, esmérate,

se abría en sus labios una sonrisa tirante,

que nada menos está en juego la dignidad nacional,

y toda la mesa pendiente de Paco, el hombre,

y don Pedro, el Périto, se mordisqueó la mejilla y colocó su mano sobre el antebrazo de René,

lo creas o no, René, desde hace años en este país se está haciendo todo lo humanamente posible para redimir a esta gente,
y el señorito Iván,

¡chist!, no le distraigáis ahora
y Paco, el Bajo, coaccionado por el silencio expectante, trazó un garabato en el reverso de la factura amarilla que el señorito Iván le tendía sobre el mantel, comprometiendo sus cinco sentidos, ahuecando las aletillas de su chata nariz, una firma tembloteante e ilegible y, cuando concluyó, se enderezó y devolvió el bolígrafo al señorito Iván y el señorito Iván se lo entregó al Ceferino y

ahora tú, Ceferino,
ordenó,
y fue el Ceferino, muy azorado, se reclinó sobre los manteles y estampó su firma y, por último, el señorito Iván se dirigió a la Régula,

ahora te toca a ti, Régula,
y volviéndose al francés,

aquí no hacemos distingos, René, aquí no hay discriminación entre varones y hembras como podrás comprobar,
y la Régula, con pulso indeciso, porque el bolígrafo le resbalaba en el pulgar achatado,

plano, sin huellas dactilares, dibujó penosamente su nombre, pero el señorito Iván, que estaba hablando con el francés, no reparó en las dificultades de la Régula y así que ésta terminó, le cogió la mano derecha y la agitó reiteradamente como una bandera,

esto,

dijo,

para que lo cuentes en París, René, que los franceses os gastáis muy mal yogur al juzgarnos, que esta mujer, por si lo quieres saber, hasta hace cuatro días firmaba con el pulgar, ¡mira!

y, al decir esto, separó el dedo deforme de la Régula, chato como una espátula, y la Régula, la mujer, confundida, se sofocó toda, como si el señorito Iván la mostrase en cueros encima de la mesa, pero René, no atendía a las palabras del señorito Iván sino que miraba perplejo el dedo aplanado de la Régula, y el señorito Iván, al advertir su asombro, aclaró,

¡ah, bien!, ésta es otra historia, los pulgares de las empleiteras son así, René, gajes del oficio, los dedos se deforman de trenzar esparto, ¿comprendes?, es inevitable,

y sonreía y carraspeaba y, para acabar con la tensa situación, se encaró con los tres y les dijo,

hala, podéis largaros, lo hicisteis bien,

y, conforme desfilaban hacia la puerta, la Régula rezongaba desconcertada,

ae, también el señorito Iván se tiene cada cacho cosa,

y, en la mesa, todos a reír indulgentemente, paternalmente, menos René, a quien se le había aborrascado la mirada, y no dijo esta boca es mía, un silencio mineral, hostil, pero, en verdad, hechos de esta naturaleza eran raros en Cortijo, pues, de ordinario, la vida discurría plácidamente, con la única novedad de las visitas periódicas de la Señora que obligaban a la Régula a estar ojo avizor para que el coche no aguardase, que si le hacía aguardar unos minutos, ya estaba el Maxi refunfuñando,

¿dónde coños te metes?, llevamos media hora de plantón,

de malos modos, así que ella, aunque la sorprendieran cambiando las bragas a la Niña Chica, acudía presurosa a la llamada del claxon, a descorrer el cerrojo del portón, sin lavarse las manos siquiera y, en esos casos, la Señora Marquesa, tan pronto descendía del coche, fruncía la nariz, que era casi tan sensible de olfato como Paco, el Bajo, y decía,

esos aseladeros, Régula, pon cuidado, es muy desagradable este olor,

o algo por el estilo, pero de buenas maneras,

sin faltar, y ella, la Régula, avergonzada, escondía las manos bajo el mandil y,

sí, Señora, a mandar, para eso estamos,

y la Señora recorría lentamente el pequeño jardín, los rincones de la corralada con mirada inquisitiva y, al terminar, subía a la Casa Grande, e iba llamando a todos a la Sala del Espejo, uno por uno, empezando por don Pedro, el Périto, y terminando por Ceferino, el Porquero, todos, y a cada cual le preguntaba por su quehacer y por la familia y por sus problemas y, al despedirse, les sonreía con una sonrisa amarilla, distante, y les entregaba en mano una reluciente moneda de diez duros,

toma, para que celebréis en casa mi visita,

menos a don Pedro, el Périto, naturalmente, que don Pedro, el Périto, era como de la familia, y ellos salían más contentos que unas pascuas,

la Señora es buena para los pobres,

decían contemplando la moneda en la palma de la mano,

y, al atardecer, juntaban los aladinos en la corralada y asaban un cabrito y lo regaban con vino y en seguida cundía la excitación, y el entusiasmo y que

¡viva la Señora Marquesa! y ¡que viva por muchos años!

y, como es de rigor, todos terminaban un poco

templados, pero contentos y la Señora, desde la ventana iluminada de sus habitaciones, a contraluz, levantaba los dos brazos, les daba las buenas noches y a dormir, y esto era así desde siempre, pero, en su última visita, la Señora, al apearse del automóvil acompañada por la señorita Miriam, se topó con el Azarías junto a la fuente y frunció el entrecejo y echó la cabeza hacia atrás,

a ti no te conozco, ¿de quién eres tú?, preguntó,

y la Régula, que andaba al quite,

mi hermano es, Señora,

acobardada, a ver,

y la Señora,

¿de dónde lo sacaste? está descalzo,

y la Régula,

andaba en la Jara, ya ve, sesenta y un años y le han despedido,

y la Señora,

edad ya tiene para dejar de trabajar, ¿no estaría mejor recogido en un Centro Benéfico? y la Régula humilló la cabeza pero dijo con resolución,

ae, mientras yo viva, un hijo de mi madre no morirá en un asilo,

y, en éstas, terció la señorita Miriam,

después de todo, mamá, ¿qué mal hace aquí? en el Cortijo hay sitio para todos, y el Azarías, el remendado pantalón por las corvas, se observó atentamente las uñas de su mano derecha, sonrió a la señorita Miriam y a la nada, y masticó por dos veces con las encías antes de hablar y,

le abono los geranios todas las mañanas, dijo brumosamente, justificándose,

y la Señora,

eso está bien,

y el Azarías que, paso a paso, se iba creciendo,

y de anochecida salgo a la sierra a correr el cárabo para que no se meta en el Cortijo,

y la Señora plegó la frente, alta y despejada, en un supremo esfuerzo de concentración, y se inclinó hacia la Régula,

¿correr el cárabo? ¿puedes decirme de qué está hablando tu hermano?

y la Régula, encogida,

ae, sus cosas, el Azarías no es malo, Señora, sólo una miaja inocente,

pero el Azarías proseguía,

y ahora ando criando una milana,

sonrió, babeante,

y la señorita Miriam, de nuevo,

yo creo que hace bastantes cosas, mamá, ¿no te parece?

y la Señora no le quitaba los ojos de encima, mas el Azarías, súbitamente, en un impulso amistoso, tomó a la señorita Miriam de la mano, mostró las encías en un gesto de reconocimiento y murmuró,

venga a ver la milana, señorita,

y la señorita Miriam, arrastrada por la fuerza hercúlea del hombre, le seguía, trastabillando, y dobló un momento la cabeza para decir,

voy a ver la milana, mamá, no me esperes, subo en seguida,

y el Azarías la condujo bajo el sauce y, una vez allí, se detuvo, sonrió, levantó la cabeza y dijo firme pero dulcemente,

¡quiá!

y, de improviso, ante los ojos atónitos de la señorita Miriam, un pájaro negro y blando se descolgó desde las ramas más altas y se posó suavemente sobre el hombro del Azarías, quien volvió a tomarla de la mano y

atienda,

dijo,

y la condujo junto al poyo de la ventana, tras la maceta, tomó una pella del bote de pienso y se lo ofreció al pájaro y el pájaro engullía las pellas, una tras otra, y nunca parecía saciarse y, en tanto comía, el Azarías ablandaba la voz, le rascaba entre los ojos y repetía,

milana bonita, milana bonita,

y el pájaro,

¡quiá, quiá, quiá!

pedía más y la señorita Miriam, recelosa,

¡qué hambre tiene!
y el Azarías metía una y otra vez los grumos
en su garganta y empujaba luego con la yema
del dedo y, cuando andaba más abstraído con
el pájaro se oyó el escalofriante berrido de la
Niña Chica, dentro de la casa, y la señorita
Miriam impresionada,

y eso, ¿qué es?
preguntó,
y el Azarías, nervioso
la Niña Chica es
y depositó el bote sobre el poyo y lo volvió a
coger y lo volvió a dejar e iba de un lado a
otro, desasosegado, la grajilla sobre el hombro,
moviendo arriba y abajo las mandíbulas, re-
zongando,

yo no puedo atender todas las cosas al mismo tiempo,
pero, al cabo de pocos segundos, volvió a sonar el berrido de la Niña Chica y la señorita
Miriam, espeluznada,

¿es cierto que es una niña la que hace eso?
y él, Azarías, cada vez más agitado, con la grajeta mirando inquieta en derredor, se volvió
hacia ella, la tomó nuevamente de la mano y

venga,
dijo,
y entraron juntos en la casa y la señorita Miriam, avanzaba desconfiada, como sobrecogida

por un negro presentimiento, y al descubrir a la niña en la penumbra, con sus piernecitas de alambre y la gran cabeza desplomada sobre el cojín, sintió que se le ablandaban los ojos y se llevó ambas manos a la boca,

¡ Dios mío!

exclamó,

y el Azarías la miraba, sonriéndola con sus encías sonrosadas, pero la señorita Miriam no podía apartar los ojos del cajoncito, que parecía que se hubiera convertido en una estatua de sal la señorita Miriam, tan rígida estaba, tan blanca, y espantada,

¡ Dios mío!

repitió, moviendo rápidamente la cabeza de un lado a otro como para ahuyentar un mal pensamiento,

pero el Azarías, ya había tomado entre sus brazos a la criatura y, mascullando palabras ininteligibles, se sentó en el taburete, afianzó la cabecita de la niña en su axila y agarrando la grajilla con la mano izquierda y el dedo índice de la Niña Chica con la derecha, lo fue aproximando lentamente al entrecejo del animal, y una vez que le rozó, apartó el dedo de repente, rió, oprimió a la niña contra sí y dijo suavemente, con su voz acentuadamente nasal,

¿no es cierto que es bonita la milana, niña?

Libro quinto

Libro quinto

El accidente

Al llegar la pasa de palomas, el señorito Iván se instalaba en el Cortijo por dos semanas y, para esas fechas, Paco, el Bajo, ya tenía dispuestos los palomos y los arreos y engrasado el balancín, de modo que tan pronto se personaba el señorito, deambulaban en el Land Rover de un sitio a otro, de carril en carril, buscando las querencias de los bandos de acuerdo con la sazón de la bellota, mas a medida que transcurrían los años a Paco, el Bajo, se le iba haciendo más arduo encaramarse a las encinas y el señorito Iván, al verle abrazado torpemente a los troncos, reía,

la edad no perdona, Paco, el culo empieza a pesarte, es ley de vida,

pero Paco, el Bajo, por amor propio, por no dar su brazo a torcer, trepaba al alcornoque o a la encina, ayudándose de una soga, aun a costa de desollarse las manos y amarraba el cimbel en la parte más visible del árbol, a ser posible en la copa, y desde arriba, enfocaba altivamente hacia el señorito Iván los grandes orificios de su nariz, como si mirara con ellos,

todavía sirvo, señorito, ¿no le parece?

voceaba eufórico,

y, a caballo de un camal, bien asentado, tironeaba del cordel amarrado al balancín para que el palomo, al fallarle la sustentación y perder el equilibrio, aletease, mientras el señorito Iván, oculto en el aguardadero, escudriñaba atentamente el cielo, los desplazamientos de los bandos y le advertía,

dos docenas de zuritas, templa, Paco,

o bien

una junta de torcaces, ponte quieto, Paco,

o bien

las bravías andan en danza, ojo, Paco,

y Paco, el Bajo, pues a templar, o a parar, o a poner el ojo en las bravías, pero el señorito Iván rara vez quedaba conforme,

más suave, maricón, ¿no ves que con esos respingos espantas el campo?

y Paco, el Bajo, pues más suave, con más tiento, hasta que, de pronto, media docena de palomas se desgajaban del bando y el señorito Iván aprestaba la escopeta y dulcificaba la voz,

ojo, ya doblan,

y, en tales casos, los tironcitos de Paco, el Bajo, se hacían cortados y secos, comedidos, con objeto de que el palomo se moviese sin desplegar del·todo las alas y, conforme se aproximaban planeando los pájaros, el señorito Iván se armaba, tomaba los puntos y ¡pim-pam!,

¡dos, la pareja!

exultaba Paco entre el follaje, y el señorito Iván,

calla la boca, tú,

y ¡pim-pam!

¡otras dos!

chillaba Paco en lo alto sin poderse reprimir, y el señorito Iván,

canda el pico, tú

y ¡pim-pam!

¡una se le fue a criar!

lamentaba Paco, y el señorito Iván,

¿no puedes poner quieta la lengua, cacho maricón?

pero, entre pim-pam y pim-pam, a Paco, el Bajo, se le entumían las piernas engarfiadas sobre la rama y, al descender del árbol, había de hacerlo a pulso porque muchas veces no sentía los pies y, si los sentía, eran mullidos y cosquilleantes como de gaseosa, absolutamente irresponsables, pero el señorito Iván no reparaba en ello y le apremiaba para buscar una nueva atalaya, pues gustaba de cambiar de cazadero cuatro o cinco veces por día, de forma que, al concluir la jornada, a Paco, el Bajo, le dolían los hombros, y le dolían las manos, y le dolían los muslos y le dolía todo el cuerpo, de las agujetas, a ver, que sentía los miembros como descoyuntados, fuera de sitio, mas, a la mañana siguiente, vuelta a empezar, que el señorito Iván era insaciable con el palomo, una cosa mala, que le apetecía este tipo de caza tanto o más que la de perdices en batida, o la de gangas al aguardo, en el aguazal, o la de pitorras con la Guita y el cascabel, que no se saciaba el hombre y, a la mañana, entre dos luces, ya estaba en danza,

¿estás cansado, Paco?

sonreía maliciosamente y añadía,

la edad no perdona, Paco, quién te lo iba a decir a ti, con lo que tú eras,

y a Paco, el Bajo, le picaba el puntillo y trepaba a los árboles si cabe con mayor presteza que la víspera, aun a riesgo de desnucarse, y amarraba el cimbel en la copa de la encina o el alcornoque, en lo más alto, pero si los bandos se mostraban renuentes o desconfiados, pues abajo, a otra querencia, y de este modo, de árbol en árbol, Paco, el Bajo, iba agotando sus energías, pero ante el señorito Iván, que comenzaba a recelar de él, había que

fingir entereza y trepaba de nuevo con prontitud y cuando ya estaba casi arriba, el señorito
Iván,

ahí no, Paco, coño, esa encina es muy chica,
¿es que no lo ves?, busca la atalaya como siempre has hecho, no me seas holgazán,
y Paco, el Bajo, descendía, buscaba la atalaya
y otra vez arriba, hasta la copa, el cimbel en la
mano, pero una mañana,

ahora sí que la jodimos, señorito Iván, ol-
vidé los capirotes en casa,
y el señorito Iván, que andaba ese día engolosinado, que el cielo negreaba de palomas sobre
el encinar de las Planas, dijo imperiosamente,

pues ciega al palomo y no perdamos más
tiempo,
y Paco, el Bajo,

¿le ciego, señorito Iván, o le armo un capi-
rote con el pañuelo?
y el señorito Iván,

¿no me oíste?
y Paco, el Bajo, sin hacerse de rogar, se afianzó en la rama, abrió la navaja y en un dos por
tres vació los ojos del cimbel y el pájaro, repentinamente ciego, hacía unos movimientos
torpes y atolondrados, pero eficaces, pues doblaban más pájaros que de costumbre y el
señorito Iván no se paraba en barras,

Paco, has de cegar a todos los palomos,

¿oyes? con los dichosos capirotes entra la luz
y los animales no cumplen,
y así un día y otro, hasta que una tarde, al
cabo de semana y media de salir al campo,
según descendía Paco, el Bajo, de una gigan-
tesca encina, le falló la pierna dormida y cayó,
despatarrado, como un fardo, dos metros delante del señorito Iván, y el señorito Iván,
alarmado, pegó un respingo,

¡ serás maricón, a poco me aplastas!
pero Paco, se retorcía en el suelo, y el señorito
Iván se aproximó a él y le sujetó la cabeza,

¿ te lastimaste, Paco?
pero Paco, el Bajo, ni podía responder, que el
golpe en el pecho le dejó como sin resuello y,
tan sólo, se señalaba la pierna derecha con
insistencia,

¡ ah, bueno, si no es más que eso...!,
decía el señorito Iván,
y trataba de ayudar a Paco, el Bajo, a ponerse
de pie, pero Paco, el Bajo, cuando, al fin, pudo
articular palabra, dijo, recostado en el tronco
de la encina,

la pierna esta no me tiene, señorito Iván,
está como tonta,
y el señorito Iván,

¿ que no te tiene? ¡ anda!, no me seas apren-
sivo, Paco, si la dejas enfriar va a ser peor,
mas Paco, el Bajo, intentó dar un paso y cayó,

124

no puedo, señorito, está mancada, yo mismo sentí cómo tronzaba el hueso,

y el señorito Iván,

también es mariconada, coño, y ¿quién va a amarrarme el cimbel ahora con la junta de torcaces que hay en las Planas?

y Paco, el Bajo, desde el suelo, sintiéndose íntimamente culpable, sugirió para aplacarle,

tal vez el Quirce, mi muchacho, él es habilidoso, señorito Iván, un poco morugo pero puede servirle,

y fruncía la cara porque le dolía la pierna y el señorito Iván dio unos pasos con la cabeza gacha, dubitativo, pero finalmente, se arrimó al bocacerral, hizo bocina con las manos y voceó hacia el Cortijo, una, dos, tres veces, cada vez más recio, más impaciente, más repudrido, y, como no acudiera nadie a las voces, se le soltó la lengua y se puso a jurar y, al cabo, se volvió a Paco, el Bajo,

¿seguro que no te puedes valer, Paco?

y Paco, el Bajo, recostado en el tronco de la encina,

mal lo veo, señorito Iván,

y, de repente, asomó el muchacho mayor de Facundo por el portón de la corralada y el señorito Iván, sacó del bolsillo un pañuelo blanco y lo agitó repetidamente y el muchacho de Facundo respondió moviendo los brazos como aspas y, al cabo de un cuarto de hora, ya estaba jadeando junto a ellos, que cuando el señorito Iván llamaba, había que apresurarse, ya se sabía, sobre todo si andaba con la escopeta, y el señorito Iván le puso las manos en los hombros y se los oprimió para que advirtiese la importancia de su misión y le dijo,

que suban dos, ¿oyes?, los que sean, para ayudar a Paco que se ha lastimado, y el Quirce para acompañarme a mí ¿has entendido?

y según hablaba, el muchacho, de ojos vivaces y tez renegrida, asentía y el señorito Iván indicó con la barbilla para Paco, el Bajo, y dijo a modo de aclaración,

el maricón de él se ha dado una costalada, ya ves que oportuno,

y, al rato, vinieron dos del Cortijo y se llevaron a Paco tendido en unas angarillas y el señorito Iván se internó en el encinar con el Quince, tratando de conectar con él, mas el Quirce, chitón, sí, no, puede, a lo mejor, hosco, reconcentrado, hermético, que más parecía mudo pero, a cambio, el jodido se daba maña con el cimbel, que era un virtuoso, menuda, que bastaba decirle, recio, suave, templa, seco, para que acatara rigurosamente la orden, y sus movimientos eran tan precisos, que las torcaces doblaban sin desconfianza sobre el reclamo

y el señorito Iván, ¡pim-pam!, ¡pim-pam!, tra-
queaba sin pausa, que no daba abasto, pero
erraba una y otra vez y, a cada yerro, echaba
sapos y culebras por la boca, pero lo más
enojoso era que, en justicia, no podía despla-
zar las culpas sobre otro y, al margen de esto,
le mortificaba que el Quirce fuese testigo de
sus yerros y le decía,

el percance de tu padre me ha puesto temblón, muchacho, en la vida erré tantos palomos como hoy,

y el Quirce, camuflado entre las hojas, respondía indiferente,

puede,

y el señorito Iván se descomponía,

no es que pueda o deje de poder, coño, es
una verdad como un templo, lo que te estoy
diciendo va a misa,

y ¡pim-pam!, ¡pim-pam!, ¡pim-pam!,

¡otro maricón a criar!

vociferaba el señorito Iván, y el Quirce, arriba,
en silencio, quieto parado, como si no fuera
con él y, tan pronto regresaron al Cortijo, el
señorito Iván pasó por casa de Paco,

¿cómo vamos, Paco? ¿cómo te encuen-
tras?

y Paco, el Bajo,

tirando, señorito Iván,

tenía la pierna extendida sobre un taburete y

el tobillo grueso, hinchado, como un neumático,

es una mancadura mala, ¿no le sintió chascar al hueso?

pero el señorito Iván iba a lo suyo,

en la vida erré más palomos que esta mañana, Paco, ¡qué cosas!, parecía un principiante, ¿qué habrá pensado tu muchacho?

y Paco, el Bajo,

a ver, los nervios, natural

y el señorito Iván,

natural, natural, no busques excusas, ¿de veras te parece natural, Paco, con las horas de vuelo que yo tengo, errar una zurita atravesada, de aquí al geranio? ¿eh? habla, Paco, ¿es que me has visto errar alguna vez un palomo atravesado de aquí al geranio?,

y el Quirce tras él, ausente, aburrido, el ramo de palomos en una mano y la escopeta enfundada en la otra, taciturno, silencioso, y, en éstas, apareció en la puerta de la casa, bajo el emparrado, el Azarías, descalzo, los pies mugrientos, el pantalón en las corvas, sonriendo con las encías, rutando como un cachorro, y Paco, levemente azorado, le señaló con un dedo formulariamente,

aquí, mi cuñado,

dijo,

y el señorito Iván analizó atentamente al Azarías,

sí que tienes una familia apañada, comentó,

pero el Azarías, como atraído por una fuerza magnética, se iba aproximando a la percha y miraba engolosinado hacia los palomos muertos y, de pronto, los echó mano, y los examinaba uno por uno, los hurgaba en las patas y en el pico, para comprobar si eran nuevos, o viejos, machos o hembras, y, al cabo de un rato, levantó sus ojos adormilados y los posó en los del señorito Iván,

¿se los desplumo?

inquirió expectante,

y el señorito Iván,

¿es que sabes desplumar palomos?

y terció Paco, el Bajo,

anda, que si no fuera a saber, en la vida hizo otra cosa,

y, sin más explicaciones, el señorito Iván, tomó la percha de manos del Quirce y se la entregó al Azarías,

ten,

dijo,

y, cuando los desplumes, se los llevas a doña Purita, de mi parte, ¿te recordarás?, en cuanto a ti, Paco, avíate, nos vamos a Cordovilla, donde el médico, no me gusta esa pierna

y el 22 tenemos batida,
y entre el señorito Iván, el Quirce y la Régula,
acomodaron a Paco, el Bajo, en el Land Rover
y, una vez en Cordovilla, don Manuel, el doctor, le palpó el tobillo, intentó moverlo, le
hizo dos radiografías y, al acabar, enarcó las
cejas,
 ni necesito verlas, el peroné,
dijo,
y el señorito Iván,
 ¿qué?,
 está tronzado,
pero el señorito Iván, se resistía a admitir las
palabras del doctor,
 no me jodas, Manolo, el 22 tenemos batida
en la finca, yo no puedo prescindir de él,
y don Manuel, que tenía los ojos muy negros,
muy juntos y muy penetrantes, como los de
un inquisidor, y el cogote recto, como si lo
hubieran alisado con una llana, levantó los
hombros,
 yo te digo lo que hay, Iván, luego tú haces
lo que te dé la gana, tú eres el amo de la
burra,
y el señorito Iván torció la boca, contrariado,
 no es eso, Manolo,
y el doctor,
 de momento no puedo hacer otra cosa que
ponerle una férula, esto está muy inflamado y

escayolando no adelantaríamos nada, dentro de una semana le vuelves a traer por aquí,
y Paco, el Bajo, callaba y miraba ladinamente a uno y a otro,

estas fracturas de maléolo no son graves, pero dan guerra, lo siento, Vancito, pero tendrás que agenciarte otro secretario,
y el señorito Iván, tras unos instantes de perplejidad,

menuda mariconada, oye, y el caso es que todavía estoy de suerte, cayó tal que ahí,
indicaba el borde de la alfombra,

el maricón no me ha desnucado de milagro,
y, al cabo de unos minutos de conversación, regresaron al Cortijo y, transcurrida una semana, el señorito Iván pasó a recoger a Paco, el Bajo, en el Land Rover y volvieron a Cordovilla, y antes de que el doctor le quitase la férula, el señorito Iván le encareció,

¿no podrías ingeniártelas, Manolo, para que el 22 pudiera valerse?,
pero el doctor movía enérgicamente su aplanado cogote, denegando,

pero si el 22 es pasado mañana como quien dice, Iván, y este hombre debe estar cuarenta y cinco días con el yeso, eso sí, puedes mercarle un par de bastones para que dentro de una semana empiece a moverse dentro de casa,

y una vez concluyó de enyesarle, Paco, el Bajo, y el señorito Iván iniciaron el regreso al Cortijo e iban en silencio, distanciados, como si algún lazo fundamental acabara de romperse entre ellos, y de cuando en cuando, Paco, el Bajo, suspiraba, sintiéndose responsable de aquella quiebra e intentaba diluir la tensión,

créame, que más lo siento yo, señorito Iván,

pero el señorito Iván, los ojos fijos más allá del cristal del parabrisas, conducía con el ceño fruncido, sin decir palabra, y Paco, el Bajo, sonreía, y hacía un esfuerzo por mover la pierna,

ya pesa este chisme, ya,

añadía,

mas el señorito Iván seguía inmóvil, pensativo, sorteando los baches, hasta que a la cuarta tentativa de Paco, el Bajo, se disparó,

mira, Paco, los médicos pueden decir misa, pero lo que tú tienes que hacer, es no dejarte, esforzarte, andar; mi abuela, que gloria haya, se dejó, y tú lo sabes, coja para los restos; en estos casos, con bastones o sin bastones, hay que moverse, salir al campo, aunque duela, si te dejas ya estás sentenciado, te lo digo yo,

y, al franquear el portón del Cortijo, se toparon en el patio con el Azarías, la grajeta al

hombro, y el Azarías, al sentir el motor, se
volvió hacia ellos y se aproximó a la ventanilla
delantera del Land Rover y reía mostrando las
encías, babeando,

   no quiso irse con las milanas, ¿verdad,
Quirce?
decía, acariciando a la grajeta,
pero el Quirce callaba, mirando al señorito
Iván con sus pupilas oscuras, redondas y ta-
citurnas, como las de una pitorra, y el señorito
Iván se apeó del coche fascinado por el pájaro
negro posado sobre el hombro del Azarías,

   ¿es que también sabes amaestrar pájaros?
preguntó,
y extendió el brazo con el propósito de atrapar
a la grajilla, pero el ave emitió un «quiá»
atemorizado y voló hasta el alero de la capilla
y el Azarías reía, moviendo hacia los lados la
mandíbula,

   se acobarda,
dijo,
y el señorito Iván,

   natural, me extraña, no me conoce,
y elevaba los ojos hasta el pájaro,

   y ¿ya no baja de ahí?
inquirió,
y el Azarías,

   qué hacer no bajar, atienda,

y su garganta moduló un «quiá», aterciopelado, untuoso, y la grajeta penduleó unos instantes, inquieta, sobre sus patas, oteó la corralada ladeando la cabeza y, finalmente, se lanzó al vacío, las alas abiertas, planeando, describió dos círculos en torno al automóvil, se posó sobre el hombro del Azarías, y se puso a escarbar en su cogote, metiendo el pico entre su pelo cano, como si le despiojase, y el señorito Iván, asombrado,

está chusco eso, vuela y no se larga,

y Paco, el Bajo, se aproximó lentamente al grupo, descansando en las cachabas el peso de su cuerpo, y dijo, dirigiéndose al señorito Iván,

a ver, la ha criado él y está enseñada, usted verá,

y el señorito Iván, cada vez más interesado,

y ¿qué hace este bicho durante el día?

y Paco, el Bajo,

mire, lo de todos, descorteza alcornoques, busca cristales, se afila el pico en la piedra del abrevadero, echa una siesta en el sauce, el animal pasa el tiempo como puede,

y, conforme hablaba Paco, el señorito Iván observaba detenidamente al Azarías, y, al cabo de un rato, miró a Paco, el Bajo, y dijo a media voz, dejando resbalar las palabras por el hombro, como si hablara consigo mismo, digo, Paco, que con estas mañas que se gasta, ¿no haría tu cuñado un buen secretario?

pero Paco, el Bajo, negó con la cabeza, descansó el cuerpo sobre el pie izquierdo para señalarse la frente con la mano derecha y dijo,

con el palomo puede, para la perdiz es corto de entendederas,

y, a partir de ese día, el señorito Iván visitaba cada mañana a Paco, el Bajo y le incitaba,

Paco, muévete, coño, no te dejes, que más pareces un paralítico, no olvides lo que te dije,

pero Paco, el Bajo, le miraba con sus melancólicos ojos de perdiguero enfermo,

qué fácil se dice, señorito Iván,

y el señorito Iván,

mira que el 22 está encima,

y Paco, el Bajo,

y ¿qué vamos a hacerle?, más lo siento yo, señorito Iván,

y el señorito Iván,

más lo siento yo, más lo siento yo, mentira podrida, el hombre es voluntad, Paco, coño, que no quieres entenderlo y, donde no hay voluntad, no hay hombre, Paco, desengáñate, que has de esforzarte aunque te duela, si no no harás nunca vida de ti, te quedarás inútil para los restos, ¿oyes?, y le instaba, le apremiaba, le urgía el señorito Iván, hasta que Paco, el Bajo, farfullaba entre sollozos,

de que poso el pie es como si me lo rebanaran por el empeine con un serrucho, no vea el dolor, señorito Iván,

y el señorito Iván,

aprensiones, Paco, aprensiones, ¿es que no puedes ayudarte con las muletas?

y Paco, el Bajo,

ya ve, a paso tardo y por lo llano,

pero amaneció el día 22 y el señorito Iván, erre que erre, se presentó con el alba a la puerta de Paco, el Bajo, en el Land Rover marrón,

venga, arriba, Paco, ya andaremos con cuidado, tú no te preocupes,

y Paco, el Bajo, que se acercó a él con cierta reticencia, en cuanto olió el sebo de las botas y el tomillo y el espliego de los bajos de los pantalones del señorito, se olvidó de su pierna y se subió al coche mientras la Régula lloriqueaba,

a ver si esto nos va a dar que sentir, señorito Iván,

y el señorito Iván,

tranquila, Régula, te lo devolveré entero,

y en la Casa Grande, exultaban los señoritos de Madrid con los preparativos, y el señor Ministro, y el señor Conde, y la señorita Miriam, que también gustaba del tiro en batida, y todos, fumaban y levantaban la voz mientras desayunaban café con migas y, conforme entró Paco en el comedor acreció la euforia, que Paco, el Bajo, parecía polarizar el interés de la batida, y cada uno por su lado,

¡ hombre, Paco!

¿cómo fue para caerte, Paco, coño? claro que peor hubiera sido romperte las narices, y el Embajador trataba de exponer a media voz al señor Ministro las virtudes cinegéticas de Paco, el Bajo, y Paco procuraba atender a unos y a otros y subrayaba adelantando las muletas, como poniéndolas por testigos,

disculpen que no me descubra, y ellos,

faltaría más, Paco, y la señorita Miriam, sonriendo, con aquella su sonrisa abierta y luminosa,

¿tendremos buen día, Paco? y ante la inminencia del vaticinio, se abrió un silencio entre los invitados y Paco, el Bajo, sentenció, dirigiéndose a todos,

la mañana está rasa, si las cosas no se tuercen yo me pienso que entrará ganado, y, en éstas, el señorito Iván, sacó de un cajoncito de la arqueta florentina el estuche de cuero, ennegrecido por el manoseo y el tiempo, con las laminillas de nácar, como si fuera una pitillera y alguien dijo,

ha sonado la hora de la verdad,

y, uno a uno, ceremoniosamente, como cumpliendo un viejo rito, cogieron una laminilla con el número oculto en el extremo,

rotaremos de dos en dos,

advirtió el señorito Iván,

y el señor Conde fue el primero en consultar su laminilla y exclamó a voz en cuello,

¡el nueve!

y, sin dar explicaciones, tontamente, empezó a palmotear, y con tanto entusiasmo se aplaudía y tanta satisfacción irradiaba su rostro, que el señor Ministro se llegó a él,

¿tan bueno es el 9, Conde?

y el señor Conde,

¿bueno?, tú me dirás, Ministro, un canchal, a la caída de un cerro, en la vaguada, se descuelgan como tontas y cuando te quieren ver ni tiempo las da de repullarse; 43 colgué el año pasado en ese puesto,

y, mientras tanto, el señorito Iván, iba anotando en una agenda los nombres de las escopetas con los números correspondientes, y una vez que apuntó el último, guardó la agenda en el bolsillo alto del chaleco-canana,

andando, que se hace tarde

apremió,

y cada cual se encaramó en su Land Rover
con los secretarios y el juego de escopetas gemelas y los zurrones de los cartuchos, mientras Crespo, el Guarda Mayor, acomodaba a
los batidores, los cornetines, y los abandera-
dos, en los remolques de los tractores y, al
fin, todos se pusieron en marcha, y el señorito Iván mostraba con Paco, el Bajo, toda
serie de miramientos, que no es un decir, que
le arrimaba a la pantalla en el jeep aunque
no hubiera carril, a campo través, incluso, si
fuera preciso, vadeando los arroyos en estia-
je, con todo cuidado,
    tú, Paco, aguarda aquí, no te muevas, voy
a esconder el coche tras esas carrascas,
o sea, que todo iba bien, lo único la cobra,
pues Paco se desenvolvía torpemente con los
bastones, se demoraba, y los secretarios de
los puestos vecinos, aprovechándose de su
lentitud, le trincaban los pájaros muertos,
    señorito Iván, el Ceferino se lleva dos pá-
jaros perdices que no son suyos,
se lamentaba,
y el señorito Iván, enfurecido,
    Ceferino, vengan esos dos pájaros, me cago
en la madre que te parió, a ver si el pie de
Paco va a servir para que os burléis de un
pobre inútil,
voceaba,

pero, otras veces, era Facundo y, otras, Ezequiel, el Porquero, y el señorito Iván no podía contra todos, imposible luchar con eficacia en todos los frentes, y cada vez más harto, de peor humor,

¿no puedes moverte un poquito más vivo, Paco, coño? pareces una apisonadora, si te descuidas te van a robar hasta los calzones,

y Paco, el Bajo, procuraba hacer un esfuerzo, pero los cerros de los rastrojos dificultaban sus movimientos, no le permitían poner plano el pie, y, en una de éstas, ¡zas!, Paco, el Bajo, al suelo, como un sapo,

¡ay señorito Iván, que me se ha vuelto a tronzar el hueso, que le he sentido!,

y el señorito Iván, que por primera vez en la historia del Cortijo, llevaba en la tercera batida cinco pájaros menos que el señor Conde, se llegó a él fuera de sí, echando pestes por la boca,

¿qué te pasa ahora, Paco, coño? ya es mucha mariconería esto, ¿no te parece?

pero Paco, el Bajo, insistía desde el suelo,

la pierna, señorito, se ha vuelto a tronzar el hueso,

y los juramentos del señorito Iván se oían en Cordovilla,

¿es que no puedes menearte? intenta, al menos, ponerte en pie, hombre, pero Paco, el Bajo, ni lo intentaba, reclinado en el cembo, se sujetaba la pierna enferma con ambas manos, ajeno a los juramentos del señorito Iván, por lo que, al fin, el señorito Iván, claudicó,

de acuerdo, Paco, ahora te arrima Crespo a casa, te acuestas y, a la tarde, cuando terminemos, te llevaré donde don Manuel,

y, horas más tarde, don Manuel, el médico, se incomodó al verlo,

podría usted poner más cuidado,

y Paco, el Bajo, intentó justificarse,

yo...

pero el señorito Iván tenía prisa, le interrumpió,

aviva Manolo, tengo solo al Ministro,

y el doctor enojado,

ha vuelto a fracturar, lógico, una soldadura de tallo verde, inmovilidad absoluta,

y el señorito Iván,

¿y mañana? ¿qué voy a hacer mañana, Manolo? no es un capricho, te lo juro,

y el doctor, mientras se quitaba la bata,

haz lo que quieras, Vancito, si quieres desgraciar a este hombre para los restos, allá tú,

y ya en el Land Rover marrón, el señorito Iván, taciturno y silencioso, encendía cigarrillos todo el tiempo, sin mirarlo, tal que si Paco, el Bajo, lo hubiera hecho a posta,

también es mariconada,
repetía solamente, entre dientes, de cuando
en cuando y Paco, el Bajo, callaba, y notaba
la humedad de la nueva escayola en la panto-
rrilla, y, al cruzar lo de las Tapas, salieron
aullando los mastines detrás del coche, y, con
los ladridos, el señorito Iván pareció salir de
su ensimismamiento, sacudió la cabeza como
si quisiera expulsar un fantasma y le preguntó a Paco, el Bajo, de sopetón,

¿cuál de tus dos chicos es más espabilado?
y Paco,

allá se andan,
y el señorito Iván,

el que me acompañó con el palomo, ¿cómo
se llama?,

el Quirce, señorito Iván, es más campero,
y el señorito Iván, tras una pausa,

tampoco se puede decir que sea muy ha-
blador,
y Paco,

pues, no señor, así las gasta, cosas de la
juventud,
y el señorito Iván, mientras prendía un nuevo
cigarrillo,

¿puedes decirme, Paco, qué quiere la juventud actual que no está a gusto en ninguna
parte?
y, a la mañana siguiente, el señorito Iván, en

142

la pantalla, se sentía incómodo ante el tenso hermetismo del Quirce, ante su olímpica indiferencia,

¿es que te aburres?

le preguntaba,

y el Quirce,

mire, ni me aburro ni me dejo de aburrir, y tornaba a guardar silencio, ajeno a la batida, pero cargaba con presteza y seguridad las escopetas gemelas y localizaba sabiamente, sin un error, las perdices derribadas, mas, a la hora de la cobra, se mostraba débil, condescendiente ante la avidez insaciable de los secretarios vecinos, y el señorito Iván bramaba,

Ceferino, maricón, no te aproveches de que el chico es nuevo ¡venga, dale ese pájaro!

y, arropados por la pantalla, que era una situación casi doméstica que invitaba a la confidencia, el señorito Iván intentaba ganarse al Quirce, insuflarle un poquito de entusiasmo, pero el muchacho, sí, no, puede, a lo mejor, mire, cada vez más lejano y renuente, y el señorito Iván iba cargándose como de electricidad, y así que concluyó el cacerío, en el amplio comedor de la Casa Grande, se desahogó,

los jóvenes, digo, Ministro, no saben ni lo que quieren, que en esta bendita paz que disfrutamos les ha resultado todo demasiado fácil, una guerra les daba yo, tú me dirás, que nunca han vivido como viven hoy, que a nadie le faltan cinco duros en el bolsillo, que es lo que yo pienso, que el tener les hace orgullosos, que ¿qué diréis que me hizo el muchacho de Paco esta tarde?,

y el Ministro le miraba con el rabillo del ojo, mientras devoraba con apetito el solomillo y se pasaba cuidadosamente la servilleta blanca por los labios,

tú dirás,

y el señorito Iván,

muy sencillo, al acabar el cacerío, le largo un billete de cien, veinte duritos, ¿no?, y él, deje, no se moleste, que yo, te tomas unas copas, hombre, y él, gracias, le he dicho que no, bueno, pues no hubo manera, ¿qué te parece?, que yo recuerdo antes, bueno, hace cuatro días, su mismo padre, Paco, digo, gracias, señorito Iván, o por muchas veces, señorito Iván, otro respeto, que se diría que hoy a los jóvenes les molesta aceptar una jerarquía, pero es lo que yo digo, Ministro, que a lo mejor estoy equivocado, pero el que más y el que menos todos tenemos que acatar una jerarquía, unos debajo y otros arriba, es ley de vida, ¿no?

y la concurrencia quedó unos minutos en suspenso, mientras el Ministro asentía y masticaba, sin poder hablar, y, una vez que tragó el bocado, se pasó delicadamente la servilleta blanca por los labios y sentenció,

la crisis de autoridad afecta hoy a todos los niveles,

y los comensales aprobaron las palabras del Ministro con cabezadas adulatorias y frases de asentimiento, mientras la Nieves cambiaba los platos, retiraba el sucio con la mano izquierda y ponía el limpio con la derecha, la mirada recogida, los labios inmóviles, y el señorito Iván seguía las evoluciones de la chica con atención, y, al llegar junto a él, la miró de plano, descaradamente, y la muchacha se encendió toda y dijo, entonces, el señorito Iván,

tu hermano, digo, niña, el Quirce, ¿puedes decirme por qué es tan morugo?

y la Nieves, cada vez más sofocada, levantó los hombros y sonrió remotamente, y, finalmente, le puso el plato limpio por el lado derecho con mano temblorosa, y así anduvo sin dar pie con bola toda la cena y, a la noche, a la hora de acostarse, el señorito Iván volvió a llamarla,

niña, tira de este boto, ¿quieres?, ahora le ha dado por decir que no y no hay forma de ponerlo fuera,

y la niña tiró del boto, primero de la punta y, luego, del talón, punta-talón, punta-talón, bas-

145

culando, hasta que el boto salió y, entonces,
el señorito Iván levantó perezosamente la otra
pierna hasta la descalzadora,

ahora el otro, niña, ya haz el favor com-
pleto,

y cuando la Nieves sacó el otro boto, el señorito Iván descansó los pies sobre la alfombra, sonrió imperceptiblemente y dijo, mirando a la muchacha,

¿sabes, niña, que has empollinado de repente y se te ha puesto una bonita figura?

y la Nieves turbada, con un hilo de voz,

si el señorito no necesita otra cosa...

pero el señorito Iván rompió a reír, con su
risa franca, resplandeciente,

ninguno salís a tu padre, a Paco digo, niña,
¿es que también te molesta que elogie tu figura?

y la Nieves,

no es eso, señorito Iván,

y, entonces, el señorito Iván sacó la pitillera
del bolsillo, golpeó un cigarrillo contra ella y
lo encendió,

¿qué tiempo te tienes tú, niña?

y la Nieves,

voy para quince, señorito Iván,

y el señorito Iván recostó la nuca en el res-
paldo de la butaca y expulsó el humo en tenues
volutas, despacio, recreándose,

verdaderamente no son muchos, puedes re-
tirarte,
admitió,
mas cuando la Nieves alcanzaba la puerta
voceó,

¡ah! y dile a tu hermano que para la pró-
xima no sea tan desabrido, niña,
y salió la Nieves, pero en la cocina, fregando
los cacharros, no podía parar, descabalaba los
platos, hizo añicos una fuente, que la Leticia,
la de Cordovilla, que subía al Cortijo con oca-
sión de las batidas, le preguntaba.

¿puede saberse qué te pasa esta noche,
niña?
pero la Nieves callada, que no salía de su desconcierto, y cuando concluyó, dadas ya las
doce, al atravesar el jardín, camino de su
casa, descubrió al señorito Iván y a doña Purita besándose ferozmente a la luz de la luna
bajo la pérgola del cenador.

Libro sexto

Libro sexto

El crimen

Don Pedro, el Périto, se presentó en la casa de Paco, el Bajo, vacilante, inseguro, pero con estudiada prosopopeya, aunque la comisura de la boca tiraba de la mejilla hacia la oreja derecha, demostrando su inestabilidad,

así que no viste salir a la señora, a doña Purita, digo, Régula

y la Régula,

ae, no señor, don Pedro, por el portón no salió, ya se lo digo, anoche no quitamos la tranca más que para que pasara el coche del señorito Iván,

y don Pedro, el Périto,

¿estás segura de lo que dices, Régula?

y la Régula,

ae, como que a estos ojos se los ha de comer la tierra, don Pedro,

y, a su lado, Paco, el Bajo, apoyado en los bastones, refrendaba las palabras de la Régula y Azarías sonreía bobamente con la grajeta sobre el hombro, y, en vista de que no sacaba nada en limpio, don Pedro, el Périto, desistió, se separó del grupo y se alejó corralada adelante, hacia la Casa Grande, la cabeza humillada, replegados los hombros, golpeándose alternativamente los bolsillos del tabardo como si, en lugar de la mujer, hubiera perdido la cartera, y, cuando desapareció de su vista, la Nieves salió a la puerta con la Charito, en los brazos y dijo de sopetón,

padre, doña Purita andaba anoche abrazándose en el cenador con el señorito Iván, ¡madre qué besos!
humilló la cabeza como excusándose y Paco, el Bajo, adelantó los bastones y, apoyándose en ellos, se llegó a la Nieves,

tú calla la boca, niña,
alarmado,

¿sabe alguien que los viste juntos?
y la Nieves,

¿quién lo iba a saber? eran ya más de las doce y en la Casa Grande no quedaba alma,
y Paco, el Bajo, cuya inquietud se desbordaba por los ojos, por los sensitivos agujeros de su chata nariz, bajó aún más la voz,

de esto ni una palabra, ¿oyes?, en estos asuntos de los señoritos, tú, oír, ver y callar,
mas no habían concluido la conversación, cuando regresó don Pedro, el Périto, el chaque-

tón desabotonado, sin corbata, lívido, las grandes manos peludas caídas a lo largo del cuerpo y con la mandíbula inferior como desarticulada,

decididamente doña Purita no está en la Casa,

dijo, tras breve vacilación,

no está en ninguna parte doña Purita, den razón al personal del Cortijo, a lo mejor han raptado a doña Purita y estamos aquí, cruzados de brazos, perdiendo el tiempo,

pero él no estaba cruzado de brazos, sino que se frotaba una mano con otra y levantaba hacia ellos sus ojos enloquecidos y Paco, el Bajo, fue dando razón, casa por casa, alrededor de la corralada, y, una vez que todos estuvieron reunidos, don Pedro, el Périto, se encaramó al abrevadero y comunicó la desaparición de doña Purita,

quedó en la Casa Grande dirigiendo la recogida cuando yo me acosté, después no la he vuelto a ver, ¿alguno de vosotros ha visto a doña Purita pasada la medianoche?

y los hombres se miraban entre sí, con expresión indescifrable, y alguno montaba el labio inferior sobre el superior para hacer más ostensible su ignorancia, o negaban categóricamente con la cabeza, y Paco, el Bajo, miraba fijo para la Nieves, pero la Nieves, se dejaba mirar y mecía acompasadamente a la Charito, sin decir que sí ni que no, impasible, pero, de pronto, don Pedro, el Périto, se encaró con ella y la Nieves se arreboló toda, sobresaltada,

niña,

dijo,

tú estabas en la Casa Grande cuando nos retiramos y doña Purita andaba por allí, trasteando, ¿es que no la viste luego?,

y la Nieves, aturdida, denegaba, acompasaba con la cabeza el vaivén de sus brazos acunando a la Niña Chica, y, ante su negativa, don Pedro, el Périto, volvió a palparse repetidamente, desoladamente, los grandes bolsillos de fuelle de su chaquetón y a mover nerviosamente la comisura derecha de la boca, mordiéndose la mejilla por dentro,

está bien,

dijo,

podéis marcharos,

se volvió a la Régula,

tú, Régula, aguarda un momento,

y, al quedar mano a mano con la Régula, el hombre se desarmó que

doña Purita ha tenido que salir con él, con el señorito Iván, digo, Régula, simplemente por embromarme, no te pienses otra cosa, que eso no, pero forzosamente ha tenido que

salir por el portón, no cabe otra explicación,
y la Régula,

ae, pues con el señorito Iván bien fijo que
no iba, don Pedro, que el señorito Iván iba
solo, tal que así, y nada más me dijo, me dijo,
Régula, cuídame a ese hombre, por el Paco,
¿sabe?, que, antes de fin de mes he de volver
por el palomo y me hace falta, eso me dijo, y
yo le quité la tranca y él se marchó,
pero don Pedro, el Périto, se impacientaba,

el señorito Iván llevaba el Mercedes, ¿no es
cierto Régula?
y a la Régula se le aplanó la mirada,

ae, don Pedro, ya sabe que yo de eso no
entiendo, el coche azul traía, ¿le basta?

el Mercedes,
ratificó don Pedro,
e hizo unos visajes en cadena tan rápidos y
pronunciados que la Régula pensó que jamás de los jamases se le volvería a poner derecha la cara,

una cosa, Régula, ¿te fijaste... te fijaste si
en el asiento trasero llevaba, por casualidad,
el señorito Iván la gabardina, ropa alguna, o
la maleta?
y la Régula,

ae, ni reparé en ello, don Pedro, si quiere
que le diga mi verdad,
y don Pedro trató de sonreír para restar im-

portancia al asunto, pero le salió una mueca helada y con ese gesto de dolor de estómago en los labios, se inclinó confidencial sobre el oído de la Régula y puntualizó,

Régula, piénsatelo dos veces antes de contestar, ¿no iría... no iría doña Purita dentro del coche, tumbada, pongo por caso, en el asiento posterior, cubierta con un abrigo u otra prenda cualquiera?, entiéndeme, yo no es que desconfíe, tú ya me comprendes, sino que tal vez andaba de broma y se me ha largado a Madrid para darme achares,

y la Régula, cuya mirada se afilaba por momentos, insistió en su negativa,

ae, yo no vi más que al señorito Iván, don Pedro, que el señorito Iván, cuando yo me arrimé, me dijo, Régula, cuídame a ese hombre, por el Paco, ¿sabe?...

ya, ya, ya...

interrumpió don Pedro, colérico,

ese cuento ya me lo has contado, Régula,

y bruscamente dio media vuelta y se alejó, y, a partir de ese momento, se le vio por el Cortijo vagando de un sitio a otro, sin meta determinada, la barbilla en el pecho, la espalda encorvada, los hombros encogidos, como si quisiera hacerse invisible, batiendo, de cuando en cuando, con las palmas de sus manos en los bolsones del chaquetón, desalentado, y así transcurrió una semana, y el sábado siguiente, cuando sonó ante el portón del Cortijo el claxon del Mercedes, don Pedro, el Périto, se puso temblón y se sujetaba una mano con otra para que no se le notase, pero acudió presuroso a la puerta y, en tanto la Régula retiraba la tranca, él, don Pedro, trataba de serenarse y una vez que el coche se puso en marcha y se deslizó suavemente hasta los arriates de geranios, todos pudieron comprobar que el señorito Iván venía solo, con su cazadora de ante llena de cremalleras, y su *foulard* al cuello y la visera de pana fina sombreándole el ojo derecho, y, más abajo, resaltando sobre la piel dorada, su amplia sonrisa blanquísima y don Pedro, el Périto, no pudo contener su ansiedad y allí mismo, en el patio, ante la Régula y Paco, el Bajo, que había salido hasta la puerta, le preguntó,

una cosa, Iván, ¿no viste por casualidad a Purita la otra noche después de la comida? No sé qué ha podido sucederle, en el Cortijo no está y...

y, a medida que hablaba, la sonrisa del señorito Iván se hacía más ancha y su dentadura destellaba y, con estudiada frivolidad dio un papirotazo a la gorra con un dedo y ésta se levantó dejando al descubierto la frente y el nacimiento de su pelo negrísimo, y no me digas que has perdido a tu mujer, Pedro, está bueno eso, ¿no habréis regañado como de costumbre y andará en casa de su madre esperando tu santo advenimiento?,

y don Pedro movía arriba y abajo sus hombros huesudos, que en una semana se había dado este hombre lo que otros en veinte años, virgen, que tenía las mejillas estiradas y azules de puro pálidas y hacía constantes aspavientos con la boca y, finalmente, reconoció,

regañar, sí regañamos, Iván, las cosas como son, como tantas noches, pero dime, ¿por dónde ha salido del Cortijo esta mujer, si la Régula jura y perjura que no retiró la tranca más que para ti, eh?, hazte cuenta que de haber escapado a campo través, por los encinares, los mastines la hubieran destrozado, tú sabes cómo las gastan esos perros, Iván, que son peores que las fieras,

y el señorito Iván se ensortijaba un mechón de pelo en su índice derecho y parecía reflexionar y, al cabo de un rato, dijo,

si habíais regañado, ella pudo meterse en la maleta de mi coche, Pedro, o en el hueco del asiento trasero, el Mercedes es muy capaz, ¿comprendes?, meterse en cualquier sitio, digo, Pedro, sin que yo me enterase y luego apearse en Cordovilla, o en Fresno, que tomé gasolina, o, si me apuras, en el mismo Madrid, ¿no?, yo soy distraído, ni me hubiera dado cuenta…

y los ojos de don Pedro, el Périto, se iban llenando de luz y de lágrimas,

claro, Iván, naturalmente que pudo ser así,

dijo,

y el señorito Iván se ajustó la visera, abrió de nuevo su generosa sonrisa y le propinó un amistoso golpe en el hombro a don Pedro, el Périto, a través de la ventanilla,

otra cosa no te pienses, Pedro, que eres muy aficionado al melodrama, la Purita te quiere, tú lo sabes, y además,

rió,

tu frente está lisa como la palma de la mano, puedes dormir tranquilo,

y tornó a reír, inclinado sobre el parabrisas, puso el coche en marcha y se dirigió a la Casa Grande, pero, antes de la hora de la cena, estaba de nuevo en casa de Paco, el Bajo,

¿cómo va esa pierna, Paco? que antes con el dichoso sofoco de don Pedro, ni siquiera te pregunté,

y Paco, el Bajo,

ya ve, señorito Iván, poquito a poco,

y el señorito Iván se agachó, le miró fijamente a los ojos y le dijo en tono de reto,

a que no tienes huevos, Paco, para salir

mañana con el palomo,

y Paco, el Bajo, escrutó la cara del señorito Iván con estupor, tratando de adivinar si hablaba en serio o bromeaba, pero ante la imposibilidad de resolverlo, preguntó,

¿lo dice en serio o en broma, señorito Iván?

y el señorito Iván cruzó el dedo pulgar sobre el índice, lo besó, y puso cara de circunstancias,

hablo en serio, Paco, te lo juro, tú me conoces y sabes que con estas cosas de la caza yo no bromeo y con tu chico, el Quirce, no me gusta, vaya, te voy a ser franco, Paco, que parece como si le hiciese a uno un favor, ¿comprendes?, y no es eso, Paco, tú me conoces, que de no estar a gusto en el campo prefiero quedarme en casa,

mas Paco, el Bajo, señaló con un dedo la pierna escayolada,

pero, señorito Iván, ¿dónde quiere que vaya con este engorro?

y el señorito Iván bajó la cabeza,

verdaderamente,

admitió,

pero, tras unos segundos de vacilación, levantó los ojos de golpe,

¿y qué me dices de tu cuñado, Paco, ese retrasado, el de la graja? tú me dijiste una

vez que con el palomo podía dar juego,
y Paco, el Bajo, ladeó la cabeza,

el Azarías es inocente, pero pruebe, mire,
por probar nada se pierde,
volvió los ojos hacia la fila de casitas moline-
ras, todas gemelas, con el emparrado sobre
cada una de las puertas, y voceó,

¡Azarías!
y, al cabo de un rato, se personó el Azarías, el
pantalón por las corvas, la sonrisa babeante,
masticando la nada,

Azarías,
dijo Paco, el Bajo,

el señorito Iván te quiere llevar mañana
al campo con el reclamo…

¿con la milana?,
atajó Azarías, transfigurado,
y Paco, el Bajo,

aguarda, Azarías, no se trata de la milana ahora, sino del cimbel, de los palomos ciegos, ¿entiendes?, hay que amarrarlos a la
copa de una encina, moverles con un cordel
y aguardar…
el Azarías asentía,

¿como en la Jara, con el señorito?
inquirió,

talmente como en la Jara, Azarías,
respondió Paco, el Bajo,
y, al día siguiente, a las siete de la mañana, ya

estaba el señorito Iván a la puerta con el Land Rover marrón,

¡Azarías!,

¡Señorito!

se movían silenciosamente en la penumbra, como sombras, que sólo se oía el húmedo entrechocar de las encías del Azarías, mientras en la línea más profunda de la Sierra apuntaba ya la aurora,

pon ahí detrás los trebejos y la jaula con los palomos, ¿llevas la soga para trepar?, ¿vas a subir descalzo a los árboles? ¿no te lastimarás los pies?

pero el Azarías atendía los preparativos sin escucharle y, antes de arrancar, sin pedir permiso al señorito Iván, se llegó al cobertizo, cogió el bote de pienso compuesto, salió a la corralada, levantó la cabeza, entreabrió los labios y

¡quiá!

reclamó con la voz afelpada, acusadamente nasal, y, desde la punta de la veleta, la grajilla respondió a su llamada,

¡quiá!

y el pájaro miró hacia abajo, hacia las sombras que se movían en torno al coche, y aunque la corralada estaba aún entre dos luces, se inclinó hacia adelante y se lanzó al vacío, describiendo círculos alrededor del grupo y, finalmente, se abatió sobre el hombro derecho del Azarías, entreabriendo las alas para equilibrarse y, luego, saltó al antebrazo y abrió el pico, y el Azarías, con la mano izquierda, iba embutiendo en él pellas de pienso humedecido, mientras babeaba y musitaba con ternura,

milana bonita, milana bonita,
y el señorito Iván,

es cojonudo, come más que vale el pájaro ese, ¿es que todavía no sabe comer solo?
y el Azarías sonreía maliciosamente con las encías,

¿qué hacer si no saber?
y una vez que se sació, como el señorito Iván se aproximara, la grajeta se arrancó a volar y, al topar con la portada de la Capilla, se repinó airosamente, la sobrevoló y se posó en el alero, mirando hacia abajo, y, entonces, el Azarías la sonrió e hizo un ademán de despedida con la mano y, ya dentro del coche, repitió el ademán por el cristal trasero, mientras el señorito Iván enfilaba el carril de la Sierra y trepaba hacia el encinar del Moro y, una vez allí, se apearon, el Azarías se orinó las manos al amparo de un carrasco y, al concluir, se encaramó a pulso a la encina más corpulenta, engarfiando las manos en el camal y pasando las piernas flexionadas por el

hueco entre los brazos, como los monos, y el.
señorito Iván,

¿para qué te quieres la soga, Azarías?

y el Azarías,

¿qué falta hace, señorito? me alarga el
chisme ese,

y el señorito Iván levantó el balancín con el
palomo ciego amarrado y le preguntó,

¿qué años te tienes tú, Azarías?

y el Azarías, en lo alto, con el balancín en la
mano izquierda, papaba el viento,

un año más que el señorito,

respondió,

y el señorito Iván, perplejo,

¿de qué señorito me estás hablando, Azarías?

y el Azarías, mientras amarraba el balancín,

del señorito,

y el señorito Iván,

¿el de la Jara?,

y el Azarías, asentado en el camal, recostado
en el tronco, sonreía bobamente al azul sin
responder, en tanto el señorito Iván pinaba
unas ramas secas para perfilar el tollo, bajo
la encina, y, una vez rematado, atisbó el cielo
hacia el sur, un cielo azul tenue, levemente
empañado por la calima, y frunció el ceño,

no se ve rastro de vida, ¿no andaremos pa-
sados de fecha?

pero el Azarías andaba enredando con el balancín, un-dos, un-dos, un-dos, tal que si fuera un juguete, y el palomo ciego, amarrado al eje, aleteaba frenéticamente para no caerse, y el Azarías sonreía con las encías rosadas y el señorito Iván,

para quieto, Azarías, no me le malees, mientras no haya pájaros arriba es bobería amagar,

mas el Azarías continuaba tironeando, un-dos, un-dos, un-dos, a ver, por niñez, por enredar, y el señorito Iván, entre que no se veía un palomo en el cielo y barruntaba una mañana aciaga, se le iba agriando el carácter,

¡quieto he dicho, Azarías, coño! ¿es que no me oyes?

y, ante su arrebato, el Azarías se acobardó y quedó inmóvil, aculado en el camal, sonriendo a los ángeles, con su sonrisa desdentada, como un niño de pecho, hasta que, transcurridos unos minutos, surgieron cinco zuritas, como cinco puntos negros sobre el azul pálido del firmamento y el señorito Iván, dentro del escondedero, aprestó la escopeta y musitó con media boca,

ahí vienen, templa ahora, Azarías,

y el Azarías agarró el extremo del cordel y templó,

así, dale, dale,

pero las zuritas ignoraron el reclamo, giraron a la derecha y se perdieron en el horizonte lo mismo que habían venido, mas, un cuarto de hora después, apareció al suroeste un bando más denso y la escena se repitió, las palomas desdeñaron el cimbel y doblaron hacia los encinares del Alcorque, con la consiguiente desesperación del señorito Iván,

no lo quieren, ¡ las hijas de la gran puta!, tira para abajo, Azarías, vámonos al Alisón, las pocas que hay parece que se echan hoy a esa querencia,

y el Azarías descendió con el balancín a cuestas, tomaron el Land Rover, y, sorteando canchales, se dirigieron al Alisón, y una vez en el mogote, el Azarías se orinó las manos, trepó raudo a un alcornoque gigante, amarró el cimbel y a aguardar, pero tampoco parecía que allí hubiera movimiento, aunque era pronto para determinarlo, pero el señorito Iván en seguida perdía la paciencia,

abajo, Azarías, esto parece un cementerio, no me gusta, ¿sabes?, la cosa se está poniendo fea,

y nuevamente cambiaron de puesto, pero las palomas, muy escasas y desperdigadas, se mostraban difidentes, no doblaban al engaño y ya, a media mañana, el señorito Iván, aburrido de tanto aguardo inútil, empezó a disparar a diestro y siniestro, a los estorninos, y a los zorzales, y a los rabilargos, y a las urracas, que más parecía loco, y entre tiro y tiro, voceaba como un enajenado,

¡ si las zorras estas dicen que no, es que no!

y cuando se cansó de hacer barrabasadas y de decir incoherencias, regresó junto al árbol y le dijo al Azarías,

desarma el balancín y baja, Azarías, esta mañana no hay nada que hacer, veremos si a la tarde cambia la suerte,

y el Azarías recogió los bártulos y bajó y, conforme franqueaban la ladera soleada, camino del Land Rover, apareció muy alto, por encima de sus cabezas, un nutrido bando de grajetas y el Azarías levantó los ojos, hizo visera con la mano, sonrió, masculló unas palabras ininteligibles, y, finalmente, dio un golpecito en el antebrazo al señorito Iván,

atienda,

dijo,

y el señorito Iván, malhumorado

¿qué es lo que quieres que atienda, zascandil?

y el Azarías, babeaba y señalaba a lo alto, hacia los graznidos, dulcificados por la distancia, de los pájaros,

muchas milanas, ¿no las ve?

y, sin aguardar respuesta, elevó al cielo su rostro transfigurado y gritó haciendo bocina con las manos,

¡¡quiá!!

y, repentinamente, ante el asombro del señorito Iván, una grajeta se desgajó del enorme bando y picó en vertical, sobre ellos, en vuelo tan vertiginoso y tentador, que el señorito Iván, se armó, aculató la escopeta y la tomó los puntos, de arriba abajo como era lo procedente, y el Azarías al verlo, se le deformó la sonrisa, se le crispó el rostro, el pánico asomó a sus ojos y voceó fuera de sí,

¡no tire, señorito, es la milana!

pero el señorito Iván notaba en la mejilla derecha la dura caricia de la culata, y notaba, aguijoneándole, la represión de la mañana y notaba, asimismo, estimulándole, la dificultad del tiro de arriba abajo, en vertical y, aunque oyó claramente la voz implorante del Azarías,

¡señorito, por sus muertos, no tire!

no pudo reportarse, cubrió al pájaro con el punto de mira, lo adelantó y oprimió el gatillo y, simultáneamente a la detonación, la grajilla dejó en el aire una estela de plumas negras y azules, encogió las patas sobre sí misma, dobló la cabeza, se hizo un gurruño, y se desplomó, dando volteretas, y, antes de llegar al suelo, ya corría el Azarías ladera abajo, los ojos desorbitados, regateando entre las jaras y la montera, la jaula de los palomos ciegos bamboleándose ruidosamente en su costado, chillando,

¡es la milana, señorito! ¡me ha matado a la milana!

y el señorito Iván tras él, a largas zancadas, la escopeta abierta, humeante, reía,

será imbécil, el pobre,

como para sí, y, luego elevando el tono de voz,

¡no te preocupes, Azarías, yo te regalaré otra!

pero el Azarías, sentado orilla una jara, en el rodapié, sostenía el pájaro agonizante entre sus chatas manos, la sangre caliente y espesa escurriéndole entre los dedos, sintiendo, al fondo de aquel cuerpecillo roto, los postreros, espaciados, latidos de su corazón, e, inclinado sobre él, sollozaba mansamente,

milana bonita, milana bonita,

y, el señorito Iván, a su lado,

debes disculparme, Azarías, no acerté a reportarme, ¡te lo juro!, estaba quemado con la abstinencia de esta mañana, compréndelo,

mas el Azarías no le escuchaba, estrechó aún más el cuenco de sus manos sobre la grajeta agonizante, como si intentara retener su calor, y alzó hacia el señorito Iván una mirada vacía,

¡ se ha muerto! ¡ la milana se ha muerto, señorito!

dijo,

y, de esta guisa, con la grajilla entre las manos, se apeó minutos después en la corralada y salió Paco, el Bajo, apoyado en sus bastones, y el señorito Iván,

a ver si aciertas a consolar a tu cuñado, Paco, le he matado el pájaro y está hecho un lloraduelos,

reía, y, a renglón seguido, trataba de justificarse.

tú, Paco, que me conoces, sabes lo que es una mañana de aguardo sin ver pájaro, ¿no? bueno, pues eso, cinco horas de plantón, y, en éstas, esa jodida graja pica de arriba abajo, ¿te das cuenta?, ¿quién es el guapo que sujeta el dedo en estas circunstancias, Paco? explícaselo a tu cuñado y que no se disguste, coño, que no sea maricón, que yo le regalaré otra grajilla, carroña de ésa es lo que sobra en el Cortijo,

y Paco, el Bajo, miraba, alternativamente, al señorito Iván y al Azarías, aquél con los pulgares en las axilas del chaleco-canana, sonriendo con su sonrisa luminosa, éste, engurruñado, encogido sobre sí mismo, abrigando

172

al pájaro muerto con sus manos achatadas, hasta que el señorito Iván subió de nuevo al Land Rover, lo puso en marcha y dijo desde la ventanilla,

no te lo tomes así, Azarías, carroña de ésa es lo que sobra, a las cuatro volveré a por ti, a ver si pinta mejor a la tarde,
pero al Azarías le resbalaban los lagrimones por las mejillas,

milana bonita, milana bonita,
repetía,
mientras el pájaro se le iba quedando rígido entre los dedos y, cuando notó que aquello ya no era un cuerpo sino un objeto inanimado, el Azarías se levantó del tajuelo y se acercó al cajón de la Niña Chica y, en ese momento, la Charito emitió uno de sus alaridos lastimeros y el Azarías le dijo a la Régula, frotándose mecánicamente la nariz con el antebrazo,

¿oyes, Régula? la Niña Chica llora porque el señorito me ha matado la milana,
mas, a la tarde, cuando el señorito Iván pasó a recogerle, el Azarías parecía otro, más entero, que ni moquiteaba ni nada, y cargó la jaula con los palomos ciegos, el hacha y el balancín y una soga doble grueso que la de la mañana en la trasera del Land Rover, tranquilo, como si nada hubiera ocurrido, que el señorito Iván, reía,

¿no será esa maroma para mover el balancín, verdad Azarías?

y el Azarías,

para trepar la atalaya es,

y el señorito Iván,

andando, a ver si quiere cambiar la suerte y metió el coche en el carril, las ruedas en los relejes profundos, y aceleró mientras silbaba alegremente,

el Ceferino asegura por sus muertos que en la linde de lo del Pollo se movían anteayer unos bandos disformes,

pero el Azarías parecía ausente, la mirada perdida más allá del parabrisas, las chatas manos inmóviles sobre la bragueta sin un botón y el señorito Iván, en vista de su pasividad, comenzó a silbar una tonadilla más viva, pero así que se apearon y divisó el bando, se puso loco,

apura, Azarías, coño, ¿es que no las ves? hay allí una junta de más de tres mil zuritas, ¡la madre que las parió!, ¿no ves cómo negrea el cielo sobre el encinar?

y sacaba atropelladamente las escopetas, y el maletín de los cartuchos, y se ceñía a la cintura las bolsas de cuero y completaba los huecos del chaleco-canana,

aviva, Azarías, coño,

repetía,

pero el Azarías tranquilo, apiló los trebejos junto al Land Rover, depositó la jaula de los palomos ciegos al pie del árbol y trepó tronco arriba, el hacha y la soga a la cintura, y una vez en el primer camal, se inclinó hacia abajo, hacia el señorito Iván,

¿me alarga la jaula, señorito?

y el señorito Iván alzó el brazo, con la jaula de los palomos en la mano, y, simultáneamente, levantó la cabeza y, al hacerlo, el Azarías le echó al cuello la soga con el nudo corredizo, a manera de corbata, y tiró del otro extremo, ajustándola, y el señorito Iván, para evitar soltar la jaula y lastimar a los palomos, trató de zafarse de la cuerda con la mano izquierda, porque aún no comprendía,

¿pero qué demonios pretendes, Azarías? ¿es que no has visto la nube de zuritas sobre los encinares del Pollo, cacho maricón?

y así que el Azarías pasó el cabo de la soga por el camal de encima de su cabeza y tiró de él con todas sus fuerzas, gruñendo y babeando, el señorito Iván perdió pie, se sintió repentinamente izado, soltó la jaula de los palomos y

¡Dios!... estás loco... tú,

dijo ronca, entrecortadamente,

de tal modo que apenas si se le oyó y, en cambio, fue claramente perceptible, el áspero es-

tertor que le siguió, como un prolongado ron-
quido y, casi inmediatamente, el señorito Iván
sacó la lengua, una lengua larga, gruesa y cár-
dena, pero el Azarías ni le miraba, tan sólo
sostenía la cuerda, cuyo cabo amarró ahora
al camal en que se sentaba y se frotó una mano
con otra y sus labios esbozaron una bobalicona sonrisa, pero todavía el señorito Iván, o
las piernas del señorito Iván, experimentaron
unas convulsiones extrañas, unos espasmos
electrizados, como si se arrancaran a bailar
por su cuenta y su cuerpo penduleó un rato
en el vacío hasta que, al cabo, quedó inmóvil,
la barbilla en lo alto del pecho, los ojos desorbitados, los brazos desmayados a lo largo
del cuerpo, mientras Azarías, arriba, mascaba salivilla y reía bobamente al cielo, a la
nada,

    milana bonita, milana bonita,
repetía mecánicamente,
y, en ese instante, un apretado bando de zuritas batió el aire rasando la copa de la encina
en que se ocultaba.

Índice

Impreso en Talleres Gráficos
DUPLEX, S. A.
Ciudad de Asunción, 26
08030 Barcelona